ÉTATS UNIS
D'AMÉRIQUE
HOLLAND
ISLAND

Pour Nina et Charlie…
mais pas pour tout de suite !

Loi n° 49.956 du 16 juillet 1949 sur les publications
destinées à la jeunesse : mai 2021
Dépôt légal : mai 2021
Imprimé en France par Clerc
à Saint-Amand-Montrond

ISBN 978-2-211-31202-8

Xavier-Laurent Petit

L'ÎLE SOUS LA MER

HISTOIRES NATURELLES

Illustré par Amandine Delaunay

neuf
l'école des loisirs
11, rue de Sèvres, Paris 6e

HOLLAND
- ISLAND -

Carte établie en 1912
par A. Ford

1. MAISON DE MARCO 2. MAISON DE MAGDA, ATELIER DE SEAN 3. ÉCOLE 4. ÉGLISE 5. MAISON DE MISS FOWLER

1

HOLLAND ISLAND - BAIE DE CHESAPEAKE
AUTOMNE 1917

– L'*Albamama,* l'*Arzirona,* l'*Arkanskas*…

Normalement, j'aurais dû aller à l'école et faire tout un tas de trucs auxquels je ne comprends rien : réciter la liste des quarante-huit États des États-Unis*, apprendre des tables de *mulcatiplication* ou je ne sais quoi d'autre. Sauf que, ce jour-là, l'école était fermée pour « *circonstances expectionnelles* ».

C'est ce qu'avait dit miss Fowler.

* En 1917, les États-Unis ne comptent encore que quarante-huit États. Les deux derniers, Hawaï et l'Alaska, ne seront rattachés qu'en 1959. Marco écorche le nom des trois premiers États : par ordre alphabétique, l'Alabama, l'Arizona et l'Arkansas.

« *Circonstances expectionnelles* », c'étaient des mots bien trop compliqués pour moi, mais il suffisait de regarder vers le port pour comprendre qu'il se passait des choses pas ordinaires. Tous les habitants de l'île étaient là : le révérend Henderson, miss Fowler, Magda et ses parents, cet imbécile de Bill LeRoux et plein d'autres encore... Le seul qui manquait, c'est oncle Charlie qui ne quittait jamais son phare. Ça faisait tellement plein de gens qu'on était au moins douze. Ou peut-être cinq mille. Je ne pourrais pas trop vous dire. Avec les chiffres, je m'y perds toujours.

Ce qui est sûr, c'est qu'on avait tous sorti nos costumes de fête. M'man avait passé sa belle robe du dimanche, moi, j'avais mis de l'eau de Cologne et, dans son uniforme tout neuf, mon frère Tom se tenait aussi droit que s'il avait avalé un parapluie.

À nous voir comme ça, on aurait pu croire qu'on allait à une fête, mais la vérité, c'est qu'on avait plutôt envie de pleurer.

2

Tout ça, ça avait commencé il y a déjà un petit peu longtemps mais pas trop quand même, quand des soldats avaient débarqué sur l'île avec leurs armes et leurs uniformes.

Ils avaient placardé des affiches sur les murs de nos maisons.

De belles affiches, avec des soldats, des drapeaux qui flottaient au vent et des gens qui les acclamaient. Dans le fond, on apercevait des maisons qui brûlaient et, dans le ciel, un avion survolait les flammes.

Moi, c'est l'avion qui m'intéressait. Je suis resté je ne sais combien de temps, le nez sur l'affiche à essayer de comprendre comment ce truc pouvait voler alors qu'il n'avait même pas de plumes.

Tom aussi regardait l'affiche :

FIRST TO FIGHT IN FRANCE
FOR FREEDOM.
SOYEZ LES PREMIERS À COMBATTRE
EN FRANCE POUR LA LIBERTÉ.

La France, personne ne savait où c'était. Même pas ce crétin de Bill LeRoux qui affirmait pourtant que son arrière-grand-père était français.

Ce jour-là, en classe, miss Fowler a sorti une carte du monde. Elle a pointé du doigt un petit pays rikiki avec un gros nez qui avançait dans la mer.

– La France, a-t-elle dit, c'est ici.

C'était vraiment loin de chez nous. Tout à fait de l'autre côté de l'océan.

Pourquoi y avait-il une guerre là-bas ?

Pourquoi notre président Wilson voulait-il y envoyer des soldats américains ?

Pourquoi ces affiches étaient-elles aussi attirantes ?

Personne n'en savait rien, mais ça a suffi à ce que tous les garçons de l'île décident d'aller à Baltimore apprendre le métier de soldat. Tom, le grand Greg, Jules et Jim, les jumeaux Dickerson, le fils du pasteur, le frère de ce crétin de Bill LeRoux, et même Angus, le frère de Magda, qui voulait pourtant faire des études sur le continent... Ils sont tous partis, sauf Tim-jambe-de-fer.

Parce qu'avec sa jambe de fer il ne pouvait pas faire la guerre.

3

De ne plus voir Tom, ça m'a fait du chagrin, mais ce matin-là, devant le port, j'étais encore plus *chagrineux* que d'habitude. Tom et ses copains n'étaient revenus sur l'île que le temps de dire au revoir à leurs familles et à leurs chéries.

Ensuite, ils allaient partir faire la guerre en France et on n'allait plus les revoir pendant je ne sais combien de temps.

Je n'avais pas envie que Tom parte.

La guerre, c'est quand même dangereux, non ? On peut en revenir avec un bras ou une jambe en moins, ou même, avec la vie en moins.

Alors, j'ai fait ce que je fais quand je n'aime pas ce qui se passe autour de moi : j'ai regardé les oiseaux.

Les oiseaux, vous connaissez ?

Au-dessus de notre île, il y en avait tellement plein que personne n'aurait pu les compter. Surtout pas moi. Parce que, avec les chiffres, j'ai des problèmes.

Mais, avec les oiseaux, je n'en ai jamais. Je leur parle, ils me répondent, et on finit toujours par se comprendre.

Je bavarde avec les mouettes qui piaillent autour des bateaux quand ils reviennent de pêche. Je discute aussi avec les sternes, les hérons, les gravelots ou les pélicans qui se perchent sur le toit de la maison, et chaque soir, je fais un brin de causette avec un petit hibou des marais qui ne se montre jamais, mais qui me répond toujours quand je hulule.

Parce que, je ne vous l'ai pas dit, mais je sais hululer. Je sais aussi siffler, pépier, piailler, gazouiller, croasser, roucouler, caqueter…

Je suis capable d'imiter le cri de presque tous les oiseaux. C'est oncle Charlie qui m'a appris tout ça.

La seule chose que je n'arrive pas à faire, c'est voler.

Vous avez déjà essayé, vous ? Moi, oui.

C'est pas facile.

Quand on habitait encore sur l'île, je montais tout en haut de la Grande Dune et je la dévalais du plus vite que je pouvais en battant des bras mais ça ne marchait jamais. Ce qui me manquait, c'étaient les plumes.

Le soir, je m'endormais en rêvant que je volais, mais, le matin, quand je me réveillais, rien n'avait changé, j'étais toujours le même Marco que la veille. Sans une seule plume et incapable de voler.

Heureusement, il y avait oncle Charlie.

NANTICOKE

4

M'man n'aimait pas la mer. Elle lui avait « pris son homme », comme elle disait. Et son homme, c'était p'pa.

Un jour, p'pa est parti pêcher et personne ne l'a plus jamais revu. Moi, je ne me souviens de rien. J'étais bien trop petit. Tout ce qu'on a retrouvé, c'est une planche de bordage avec le nom de son bateau, le *Nanticoke*. M'man l'a clouée au-dessus de la porte de la maison, elle a posé sur le buffet une photo de p'pa avec Tom derrière lui et moi dans un berceau, et la vie a continué comme ça. Les gens disaient que p'pa avait disparu en mer. Moi, je trouvais que c'était plutôt une bonne nouvelle. S'il avait disparu, ça voulait dire qu'il allait peut-être *réapapparaître* un jour. Mais m'man n'était pas du même avis.

– Dis pas de bêtises, tu veux!

Elle avait si peur de la mer qu'elle m'interdisait de mettre les pieds sur la moindre petite barque. Mais, de temps en temps, je pouvais quand même accompagner le vieux Lam qui apportait du ravitaillement à mon oncle Charlie.

Oncle Charlie était un peu *bizarétrange*. Il n'aimait pas trop les gens et vivait tout seul, dans son phare, au milieu de la baie, sans jamais voir de «p'tits zumains», comme il disait. La vérité, c'est qu'il préférait la compagnie des oiseaux.

– Mon frère est peut-être un peu fêlé, disait m'man, mais c'est le seul homme de la famille et un garçon ne doit pas être élevé que par une femme.

Moi, je ne comprenais pas trop ce que ça voulait dire, mais j'aimais bien aller voir oncle Charlie.

Bien avant que le jour se lève, j'aidais le vieux

Lam à charger son bateau. On embarquait du pain, des patates, des biscuits, des conserves, un petit tonneau de bière et de grands barils d'huile pour alimenter le feu du phare.

Le vieux Lam hissait la voile du *Beautiful Hope** et tout au fond de l'*horziron* la lumière du phare clignotait. Elle s'éteignait, je comptais jusqu'à cinq, et elle se rallumait. C'était vraiment commode parce que compter jusqu'à cinq, même si je ne suis pas très malin, j'y arrive !

De loin, le phare d'oncle Charlie ressemblait à une grosse araignée posée sur la mer. On accostait au moment où le soleil pointait le nez. On déchargeait tout, le vieux Lam partait pêcher et moi, je restais toute la journée avec oncle Charlie.

On montait tous les deux jusqu'à la lanterne, presque aussi haut que le ciel. Et l'école des oiseaux commençait.

* *Le Bel Espoir.*

5

– Ferme les yeux, ordonnait oncle Charlie.

Je fermais les yeux.

– Pense à rien d'autre qu'au vent.

Je pensais à rien d'autre qu'au vent.

– Respire à fond. Oublie que tu es un *p'tit zumain*. Ne pense plus à rien… Juste au vent. Ouvre grand les bras…

J'ouvrais grand les bras.

– Et maintenant, lance-toi ! Allez, Marco ! N'aie pas peur. Tes bras sont devenus des ailes. Tu voles ! T'es un oiseau. Laisse-toi porter… T'es un goéland, tu planes au-dessus des vagues ! Tu vires dans le vent ! Tu cries avec les autres…

– Kraouiii ! Kraouiii !

– Plus fort, Marco ! Plus fort !

– KRAOUIIII ! KRAOUIII !

Et pendant je ne sais combien de temps, les yeux grands fermés, je volais à côté d'oncle Charlie. Sauf que, dès qu'on rouvrait les yeux, on redevenait des *p'tits zumains.*

Chaque fois, je me demandais si on avait volé pour de vrai ou si c'était un rêve. Oncle Charlie posait un doigt sur ses lèvres.

– Ça, Marco, c'est notre secret. Pas un mot à ta mère.

Ensuite, il sortait ses jumelles, moi, je sortais la vieille paire qu'il m'avait donnée, et on observait les oiseaux.

– Droit devant toi. Il y a deux aigrettes. Tu les as repérées ? Et là-bas, des sternes royales. Va pas me les confondre avec les petites sternes, hein ! Tu te souviens de la différence ?

Je hochais la tête et oncle Charlie n'en demandait pas plus. Il savait que je savais. On n'avait pas besoin de mots.

Parfois un grand rapace passait au-dessus de nous, c'était Balbu-le-balbuzard, un copain d'oncle Charlie. De tout là-haut, il guettait les poissons qui avaient la mauvaise idée de nager trop près de la surface.

Dès qu'il en avait repéré un, Yiiiip ! Yiiiip !... Il piquait droit vers l'eau. Au dernier moment, il étendait les ailes, plongeait les pattes dans les vagues et remontait avec un poisson tout *fritillant* entre les serres. Moi, *j'aplauplaudissais*.

On terminait toujours par un cours de chant.

– Le cri du courlis, faisait oncle Charlie, ça commence comme ça : « Cououhi ! Cououhi ! » et sur la fin, ça devient « Triwiwiwiwiwi ! Triwiwiwiwiwi ! » À toi !

– Cououhi ! Cououhi ! Triwiwiwiwiwi ! Triwiwiwiwiwi !

– Pas mal ! Et son cri d'alerte, c'est « Tritritritri ! Tritritritritri ! » Comme si tu soufflais dans un sifflet. Tu te souviendras ?

Comme si je sifflais dans un soufflet. Tritritritri ! Je comprenais tout. C'était bien mieux que l'école de miss Fowler ! Et on continuait comme ça jusqu'au retour du vieux Lam.

– Ça s'est bien passé ? demandait m'man quand j'arrivais à la maison.

– Triwiwiwiwiwi ! Triwiwiwiwiwi !

– Fais pas l'imbécile, Marco, grondait-elle. T'es pas un de ces fichus oiseaux, que je sache. Alors s'il te plaît, parle-moi avec des mots d'humain.

Et moi, je pensais aux *p'tits zumains* d'oncle Charlie.

6

Mon problème, c'était ce sale type de Bill LeRoux.

Avec sa bande, son jeu préféré, c'était de tirer les oiseaux au lance-pierre. Le plus souvent, ça les tuait. Moi, j'étais tout près, caché dans les herbes. Je les espionnais. Je ne bougeais pas. Je les regardais faire, et dès qu'ils avaient tourné le dos je recueillais ce qui restait de leurs victimes. Ça ne ressemblait plus vraiment à un oiseau, c'était seulement un petit *grabouillis* de plumes et de sang que j'enterrais en secret, avec une croix dans la terre et une prière comme à l'église. M'man disait que les morts montaient au ciel. Mais, pour les oiseaux, je ne sais pas. Ils y étaient déjà, dans le ciel. Ils n'avaient pas besoin d'y aller.

Si *j'aurais été* un géant, j'aurais cassé la figure de cet *assassassin* de Bill LeRoux et de toute sa bande. Mais je n'étais que Marco-l'idiot, comme ils m'appelaient.

Un jour que j'étais sur la dune en train d'essayer de voler, j'ai reçu une pierre dans le dos. Je me suis pris les pieds dans je ne sais quoi et je me suis étalé sur le sable. Derrière moi, ce gros lard de Bill LeRoux et sa bande se tordaient de rire. Ce jour-là, ils m'ont donné un nouveau surnom : « Crazy Birdy ». L'Oiseau fou.

Mais pour de vrai, je m'appelle Marc. Ça me ferait plaisir que vous m'appeliez « Marco », comme m'man ou oncle Charlie. Ou alors « p'tit frère », comme Tom. Mais si vous avez l'intention de m'appeler « Crazy Birdy », comme ce gros bouffi de Bill LeRoux, le mieux, c'est qu'on se quitte ici.

7

Le plus souvent, après l'école, cet abruti et toute sa bande « m'accompagnaient » en hurlant des bêtises. J'arrivais à la maison en pleurant, tout morveux et rouge de sueur, mais m'man faisait comme si de rien n'était. Elle ne levait même pas le nez du filet de pêche qu'elle réparait, elle disait juste :

– T'occupe pas d'eux, mon fils. Tu es comme tu es, et c'est comme ça que je t'aime.

N'empêche. Je savais bien, moi, que je n'étais pas comme tout le monde.

À l'extérieur, ça ne se voyait pas. J'avais deux jambes, deux bras et le nez au milieu de la figure. La différence, elle était dans ma tête.

Des mots, j'en connaissais plein, mais ils ne voulaient jamais sortir comme il faut. Je cafouillais, je bafouillais, je bégayais… Et ceux de la bande à cette brute de Bill LeRoux ne me rataient pas. Ils me lançaient des pierres en criant : « Crazy Birdy ! On va te plumer ! »

Alors que je n'avais même pas de plumes.

En classe, miss Fowler ne me faisait parler que si c'était *nécessaissaire*. C'est pour ça que je l'aimais bien. Mais, en même temps, j'en avais un peu peur parce que c'était une dame de la ville. Le jour où elle avait débarqué sur l'île, avec sa robe en dentelle, ses caisses de livres et son piano, on avait tous pensé qu'elle allait reprendre le bateau dans l'autre sens et retourner vite fait à Baltimore. Mais on se trompait. Miss Fowler est restée pour nous faire la classe.

Elle ne comprenait rien à la mer et pas grand-chose à la pêche, mais elle jouait du piano comme une véritable artiste. Parfois, je m'arrêtais devant ses fenêtres rien que pour l'écouter. Jamais je n'avais rien entendu de si beau.

8

Debout sur le ponton, le vieux Lam s'est éclairci la gorge.

– Faut y aller, les gars, a-t-il grogné, sinon on va rater la marée.

À Holland Island, le ciel et la mer décidaient de tout, même des séparations. Nos frères partaient à la guerre et c'est le vieux Lam qui allait les emmener jusqu'à Baltimore à bord de son bateau. Du coup, tout le monde s'est agité.

Tom s'est penché vers m'man pour l'embrasser. Il était bien plus grand qu'elle, mais elle l'a quand même enlacé comme un petit garçon.

– Fais bien attention à toi, mon Thomas, a-t-elle murmuré.

D'habitude, m'man n'appelait jamais Tom autrement que « Tom ». Mais là, rien que d'entendre ce prénom que personne n'utilisait jamais, j'ai réalisé qu'il allait partir pour de bon. Je me suis accroché à ses épaules en le serrant du plus fort que je pouvais.

– Tu... tu... tu...

La suite est restée bloquée dans ma gorge. Tout ce qui sortait, c'étaient des « Tututu » ridicules.

– Turlututu ! Chapeau pointu ! a claironné cet idiot de Bill LeRoux.

Son père lui a retourné une claque. Bien fait ! Quand les circonstances sont *expectionnelles*, on ne fait pas l'imbécile.

Je m'agrippais toujours à Tom. Mes mots ont fini par sortir.

– Tu... tutu ne vas papas... mourir, dis ?

Autour de nous, le silence s'est fait d'un coup. Je venais de prononcer le mot que tout le monde évitait depuis des jours.

– Mais bien sûr que je ne vais pas mourir,

p'tit frère ! En voilà une idée idiote ! On s'en va juste en Europe mettre une bonne raclée à l'armée du Kaiser*, et, dès que ce sera fini, on revient à la maison.

Tom faisait le malin, mais sa voix tremblotait pas mal. Il a encore embrassé m'man et n'a plus prononcé un seul mot. À l'armée, on lui avait appris qu'un soldat américain ne pleure pas, mais moi qui n'étais pas un soldat américain, je pleurais. Et je peux vous dire qu'autour de nous il y avait plein de gens qui n'étaient pas des soldats américains.

De loin, Magda m'a adressé un sourire tout maigre. Elle tenait la main d'Angus, son frère.

Magda, c'était la meilleure élève de la classe, l'une des rares à ne pas m'appeler « Crazy Birdy » et la seule à accepter que je m'assoie à côté d'elle. Rien que de la sentir tout près, j'avais l'impression de devenir un peu plus intelligent.

* Titre de l'empereur d'Allemagne.

Plus tard, peut-être qu'on se mariera, Magda et moi. Mais peut-être qu'elle ne voudra pas d'un *p'tit zumain* comme moi. Un différent.

9

– Allez, les gars, a braillé le vieux Lam, cette fois, finies, les embrassades !

Vite ! Vite ! Caitlin, la chérie de mon frère, a entraîné Tom à l'écart pour lui chuchoter des mots d'amoureuse. Ils n'osaient pas s'embrasser devant tout le monde, mais, quand ils allaient se promener le long de la Grande Dune, ils ne se gênaient pas. Je les avais déjà espionnés.

Tom s'est arraché des bras de Caitlin, et le révérend Henderson a béni nos frères à mesure qu'ils embarquaient à bord du *Beautiful Hope*.

– Va voir dans notre cachette, p'tit frère, m'a

soufflé Tom au moment où il sautait sur le pont, y a un cadeau pour toi.

Les vagues ballottaient le bateau dans tous les sens. Au large, ça allait secouer dur, mais tous ces gars-là étaient des fils de pêcheurs, la mer ne leur faisait pas peur. De toute façon, sur l'île, à l'exception du boulanger, de Roberto-l'épicier, de miss Fowler et du père de Magda, qui était *chartenpier*, tout le monde était pêcheur. Même le révérend Henderson qui a entonné à tue-tête le *Star-Spangled Banner*[*]. C'était vraiment affreux à écouter, mais le cœur y était.

Caitlin m'a attrapé la main tandis que le *Beautiful Hope* remontait le chenal. De son autre main, elle s'essuyait les yeux. Son frère et son chéri partaient à la guerre. Ça lui faisait deux raisons de pleurer. Une pour chaque œil.

Avant de partir, Tom m'avait expliqué qu'avec les autres ils allaient d'abord rejoindre leur régiment à Meade Camp, du côté de

* *La Bannière étoilée*, hymne national américain.

Baltimore. Ensuite – mais personne ne savait quand –, ils embarqueraient sur des bateaux bien plus gros pour traverser l'océan jusqu'en France.

Là-bas, c'était la guerre.

Une guerre qui avait déjà fait tellement plein de morts qu'on n'arrivait plus à les compter.

Certains disaient des millions.

Vous connaissez, des millions ?

C'est plus que tous les oiseaux de l'île, je crois.

« *Va voir dans notre cachette, p'tit frère*, avait dit Tom, *y a un cadeau pour toi.* »

J'ai lâché la main de Caitlin et j'ai galopé à toutes jambes vers notre cachette secrète, à Tom et moi.

En plein milieu des marais.

10

– Attends-moi ! a crié une voix dans mon dos.

Magda m'a rattrapé.

– Où tu vas ?

C'était une question difficile. Une cachette, c'est un secret, et un secret, si on le dit à n'importe qui, ce n'est plus un secret. Sauf que Magda n'était pas n'importe qui… Pour éviter de répondre, j'ai regardé un groupe de hérons qui passait au-dessus de nous.

– Alors, a insisté Magda, tu vas où ?

– Tutu… tuuutu… ne didiras rien à personne ?

Elle m'a lancé le même sourire qu'en classe, quand je copiais sur elle.

– Promis !

– Et tes ppppa… tes parents ?… Ils sont d'ac… d'accord pour que tu… tuv… tu viennes av… avec moi ?

– Je préfère ne pas leur demander. On va où ?

D'un geste, j'ai indiqué la direction des marais, tout au bout de la Grande Dune.

– C'est pas un peu dangereux, par là ? a-t-elle demandé.

– Sssi… si… Un peupeu…

11

La vérité, c'est que tous les parents de Holland Island interdisaient à leurs enfants de mettre les pieds dans les marais, mais moi, je connaissais tous les chemins secrets et j'adorais y aller.

D'abord parce que c'était le *paparadis* des oiseaux. Les hérons, les râles, les aigrettes, les canards, les pluviers, les courlis, les sarcelles, les huîtriers avec leurs grands becs rouges… Ils habitaient tous là. Et pendant l'hiver, c'est là que mes copines les oies des neiges venaient s'installer.

Et puis là-bas, au moins, j'étais sûr de ne pas croiser ce pétochard de Bill LeRoux. Il avait

bien trop la trouille des serpents pour se risquer dans un coin où les *water snakes** étaient vraiment énormes. Moi, ils ne me faisaient pas peur. J'attendais qu'ils s'endorment au soleil pour les caresser, et ils se laissaient faire. Ils savaient que je n'allais pas leur faire mal.

Le marais, ce n'était pas non plus un coin à *recocommander* à ceux qui avaient peur des fantômes.

En été, la nuit, on apercevait des petites flammes au-dessus de l'eau. Certains disaient que c'étaient les âmes des marins perdus en mer qui revenaient parmi les vivants, mais m'man haussait les épaules.

– Tes âmes de marins, ça s'appelle des feux follets ! Et jamais ton père ne se serait transformé en feu follet ! C'était pas dans son caractère.

Mais le plus grand danger des marais, ce n'était ni les serpents, ni les feux follets. C'était la vase.

* Serpents d'eau.

Alors là, fallait faire attention ! Par endroits, on pouvait s'enfoncer sans jamais toucher le fond. Sur l'île, on racontait des tas d'histoires de gens qui étaient morts, aspirés par la boue. Le marais les avait dévorés et personne n'avait jamais retrouvé leurs corps. Mais moi, je connaissais les chemins. Je *mourirais* pas.

Je me suis retourné vers Magda. Elle mettait ses pas *exaquement* dans les miens et j'étais plutôt fier. Pour une fois que je lui apprenais quelque chose !

Une aigrette s'est envolée sous notre nez en poussant des Krah ! Krah ! de colère, furieuse d'être dérangée. Elle s'est posée un peu plus loin. Je lui ai demandé de bien vouloir nous excuser, et on a continué d'avancer.

Splotch ! Splotch ! Splotch !

12

– C'est là, j'ai fait en arrivant au pied d'un vieux saule.

C'était notre cachette. L'intérieur du tronc était creux comme une *miscunule* caverne et, par endroits, le bois était brûlé à cause de la foudre qui était tombée dessus. Avec Tom, on y avait apporté une vieille couverture, une boîte de biscuits de mer durs comme des cailloux et un bidon d'eau.

Je m'y suis glissé, Magda m'a rejoint.

– On n'y voit rien, a-t-elle chuchoté.

– Attends un peu. Faut qu'on s'habitue à l'obscurité.

– Quand même, ça fait un peu peur.

Elle m'a pris la main. Et quand on a commencé à mieux voir, j'ai *apercevu* sur la banquette un petit objet enveloppé dans une page de journal. Le cadeau de Tom ! Je l'ai tâté à travers le papier. C'était étroit, rectangulaire, pas très épais, plutôt léger... J'ai laissé échapper un petit rire.

– Tu as deviné ce que c'est ? a demandé Magda.

– Je crois bien.

J'ai défait le papier... Un harmonica ! J'en rêvais. J'ai braillé comme un âne.

– Yahouhou ! Tom, je t'adore !

– C'est chouette, a souri Magda. Tu sais en jouer ?

– Non, mais je vais apprendre.

– Tu as remarqué ? a-t-elle ajouté.

– Remarqué quoi ?

– Tu ne bégayes plus.

Du coup, je me suis remis à bafouiller.

– Ccc'est quand jjje suis bbien av... avec les

gens, je nnne bébégaye ppplus. Mais dès qu… dès que j'y fais attt… attention, ça recoco… recoco… mmence.

Ça l'a fait rire. J'ai soufflé au hasard dans mon harmonica. C'était franchement moche, mais Magda a trouvé ça tout à fait magnifique. Je lui ai tendu l'harmonica.

– Tu… tu veux essayer ?

Et quand elle me l'a rendu, ça m'a fait bizarre de poser mes lèvres là où elle venait de poser les siennes.

13

L'air de rien, elle s'est mise à chantonner.

It was on one summer's evening
Won't you go my way ?
I met a pretty fair maid…
C'était un soir d'été,
Tu ne viens pas avec moi ?
J'ai rencontré une jolie serveuse…

Vous connaissez ? C'est une chanson de marins, l'histoire d'un beau gars qui rencontre une jolie fille. Nos frères la chantaient parfois. Ça n'a pas été facile de retrouver l'air sur l'harmonica, mais, au bout du compte, ça a fini par ressembler plus ou moins à la vraie chanson.

– Tu t'en sors bien, a fait Magda.

Je lui ai souri et on a ouvert la boîte de biscuits de mer qu'on a *grignognotés* côte à côte. Ce n'était pas très bon mais, avec Magda, on a décidé que c'était vraiment délicieux. On avait à peine terminé qu'elle s'est levée.

– Faut qu'on y aille, Marco. Mes parents vont s'inquiéter.

– At… attends un peu. J'ai encore un truc à… truc à faire.

J'ai fouillé au fond de mes poches, impossible de retrouver mon couteau. Magda m'a tendu le sien. J'ai *écrarquillé* les yeux tellement il était beau.

– C'est mon père qui l'a fabriqué. Prends-le ! Il ne va pas te mordre.

J'ai gravé un petit dessin dans le tronc du vieux saule.

– On dirait un papillon, a fait Magda.

Mais pour de vrai, c'étaient deux « M » imbriqués. Magda et Marco.

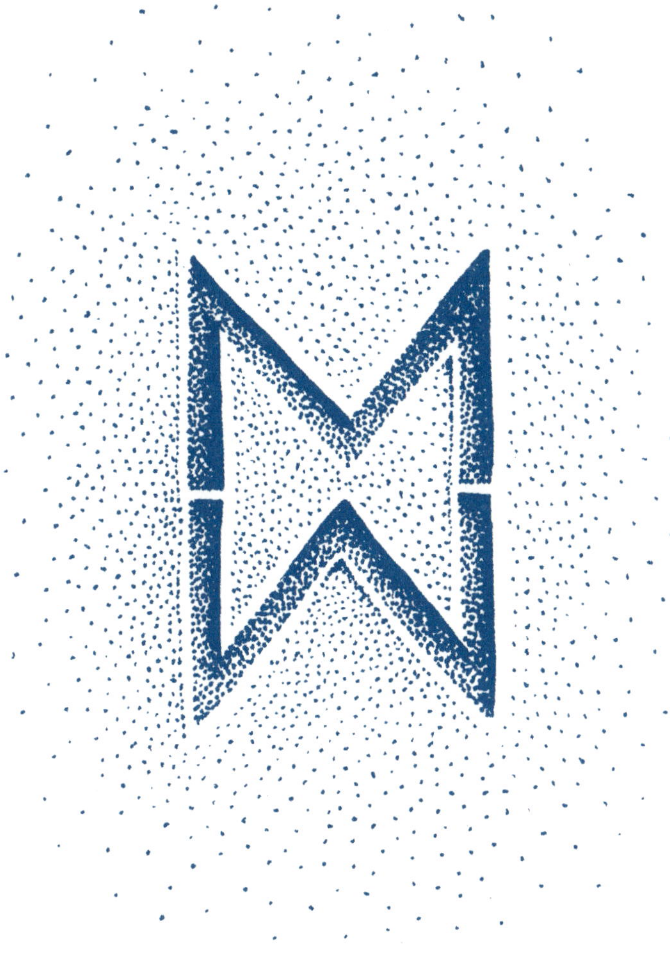

14

Splotch ! Splotch ! Splotch !

On a marché aussi vite qu'on pouvait sur le chemin du retour. Parfois, Magda ripait dans la vase. Je la retenais. Sa belle robe était toute boueuse, mais fallait pas que le marais la dévore.

Elle habitait sur le port, à côté de la cale sur laquelle son père réparait les bateaux. Notre maison à nous était plus loin, au bout de l'île, juste devant la mer. C'est le grand-père de m'man qui l'avait construite, il y avait tellement longtemps que m'man n'était même pas née.

Le père de Magda nous a aperçus de loin, il

s'est redressé et nous a regardés approcher, les poings sur les hanches.

– Ça va barder, a murmuré Magda avec un petit sourire.

On aurait dit que ça l'amusait. Moi, je tremblais de la tête aux pieds. Avec ses gros sourcils et ses bras de *chartenpier*, Sean me faisait pas mal peur.

– Vous étiez passés où ? a-t-il demandé d'une voix qui n'annonçait rien de bon.

Magda avait promis de garder le secret de la cachette, mais avec son père, ça n'allait pas être facile.

– Vers la dune…

– Vers la dune… Tiens donc ! Rappelle-moi, ma fille, la dune, c'est du sable ou de la vase ?

– Du sable, a répondu Magda d'une toute petite voix.

– Et donc, c'est en allant dans le sable que tu t'es fourré de la boue jusque sur les joues ?…

Malgré la trouille qui me nouait le ventre j'ai fait un pas en avant.

– C'est… c'est… c'est maaa… faufaute. C'est… c'est… moi quiquiqui…

Sean ne m'a même pas regardé et la première gifle a atterri au beau milieu de la joue de Magda.

– Celle-là, ma fille, c'est pour t'apprendre à dire la vérité. Et celle-là…

La seconde a suivi. Sur l'autre joue.

– C'est pour te rappeler qu'il y a des endroits où je ne veux pas que tu mettes les pieds. C'est compris ?

– Oui, a soufflé Magda.

Elle regardait droit devant elle, les joues rouges et des larmes plein les yeux. Sean n'y était pas allé de main morte, mais, pour la cachette, Magda n'avait rien dit. Un secret, c'est un secret.

– Quant à toi, a grondé Sean, tu mérites la même chose, mais ta mère va s'en charger.

15

Sean avait raison.

– Ne recommence jamais, Marco ! J'ai pas envie de perdre mes deux fils le même jour !

La voix de m'man tremblait, mais pas sa main. À force de réparer les filets des pêcheurs de l'île, elle était devenue aussi forte qu'eux. Sa claque a failli me dévisser la tête mais je n'ai pas pleuré.

– Je ne veux pas que tu vadrouilles dans les marais, tu le sais, non ?

– Coco… comment tu as dev… deviné qu'j'é… qu'j'étais lààà-bas ?

Elle a levé les yeux au ciel.

– Mais mon pauvre garçon, le vieux saule,

c'était déjà ma cabane secrète quand j'avais ton âge. Je pourrais t'y conduire les yeux fermés.

Cette fois, j'avais pour de bon envie de pleurer. Pas à cause de la gifle, mais parce que je m'étais imaginé qu'il n'y avait que Tom et moi à connaître notre cachette. J'ai regardé par la fenêtre pour que m'man ne voie pas mes larmes.

Entre les nuages, le ciel était rouge. Ça, c'était normal.

Ce qui n'était pas normal, c'était le reste.

Je me suis essuyé les yeux d'un revers de manche. Le ciel était couvert d'oiseaux. Des mouettes, des aigrettes, des hirondelles de mer, des hérons, des pluviers, des avocettes, des gravelots... Ils filaient tous à tire-d'aile vers le sud.

Les oiseaux savent bien plus de choses que nous autres, les *p'tits zumains*. C'est ce que dit oncle Charlie. Si tous les oiseaux de l'île s'enfuyaient, c'est qu'ils avaient une bonne raison de le faire. J'ai failli en parler à m'man, mais, quand on vient de se prendre une claque, le plus sûr, c'est de se taire.

16

Vous aimez la soupe au tapioca, vous ?... Moi non plus.

On dirait de la soupe aux vers de terre. Mais m'man ne rigolait pas avec la soupe au tapioca. Fallait tout avaler jusqu'à la dernière cuillerée et la meilleure façon d'y arriver sans trop de haut-le-cœur, c'était de penser à autre chose.

À l'harmonica par exemple. La claque de m'man ne m'avait pas laissé le temps de lui en parler mais j'avais très envie de devenir le meilleur joueur d'harmonica du Maryland.

J'ai aussi pensé à Magda, qui n'avait rien dit de mon secret. Et à Tom, qui allait faire la guerre en France. J'avais l'impression que ça faisait des millions de jours que je ne l'avais pas vu, sauf qu'il était parti seulement ce matin. Ma cuillère s'est arrêtée quelque part entre mon bol et ma bouche.

– Marco, a soupiré m'man, cesse de rêvasser et mange ta soupe.

J'ai avalé deux cuillerées de vers de terre avant de repenser aux oiseaux. Pourquoi étaient-ils partis ?…

Comme tous les soirs, m'man a allumé sa lampe à pétrole pour lire la Bible.

Et comme tous les soirs, le vent s'est levé.

Sauf que, si on écoutait bien, ce vent-là ne faisait pas *exaquement* la même musique que d'habitude. M'man a aussitôt levé le nez de sa bible, elle a entrouvert la porte et est restée à humer la nuit. Le ciel était noir comme du *chardon* et le bruit des vagues *s'emmêmilochait* avec celui du vent.

– On dirait bien que ça va souffler… Allez, Marco, file au lit !

Du bout du pouce, elle a tracé une croix sur mon front, et j'ai grimpé l'échelle du grenier. C'est là que je dormais. J'ai ouvert la lucarne, le vent s'est *enfrougouffré* dans la pièce et j'ai appelé le petit hibou des marais.

Houaaap ! Houaaap !

Mais je n'ai entendu que le bruit des vagues et du vent. Le petit hibou n'était pas au rendez-vous.

Et ça, ça n'arrivait jamais.

La lumière du phare d'oncle Charlie est passée au-dessus de ma tête. Elle s'est éteinte, j'ai compté jusqu'à cinq, elle est revenue. C'était *rassussurant*.

J'ai glissé l'harmonica sous mon oreiller et j'ai fermé les yeux en murmurant : « Faut pas que Tom meure à la guerre ! »

17

Blam-balam-bam ! Blam-balam-bam !

Je me suis réveillé en sursaut. Le *vacacarme* a repris. Blam-balam-bam ! Blam-balam-bam ! Ça cognait dur ! La lumière du phare est passée et tout a replongé dans l'*obscirutė*.

C'était le vent qui faisait tout ce bazar. Il soufflait bien plus fort que tout à l'heure, se glissait sous les portes, se *fifaufilait* entre les tuiles et gémissait comme un animal sauvage. Une rafale s'est *fracacassée* contre les murs. La maison a vibré du bas jusqu'en haut, la charpente a craqué comme si elle allait *s'écroucouler* et quelque chose s'est cassé avec un bruit de verre. J'ai entendu m'man se lever.

Sur Holland Island, les vents, on connaissait. Il y avait ceux d'automne qui apportaient les pluies, ceux d'été, qui amenaient les orages, ceux d'hiver qui pouvaient geler la baie en une seule nuit. Et puis il y avait Old Wolfi, le Vieux Loup. Le plus redoutable. Lui, il était capable de se lever sans prévenir et de tout ravager en une nuit. Les arbres, les bateaux, les toitures...

Ce soir, le Vieux Loup était furieux. Il avait décidé de souffler en tempête et personne ne l'avait senti venir. Sauf les oiseaux. Dans leur petit crâne *miscunule*, ils avaient compris que ça allait barder et ils avaient filé en laissant les *p'tits zumains* se *débrourouiller.*

Dehors, c'était le déluge. La pluie *crépipétait* sur le toit et le long des dunes, les vagues *explosifiaient* comme des coups de tonnerre. Le vent mugissait et moi, je faisais ce qu'oncle Charlie m'avait appris à faire, je l'écoutais. Il n'y avait pas que de la rage dans les hurlements du Vieux Loup, il y avait aussi de la tristesse. Old Wolfi était comme moi, il pleurait le départ de Tom.

Et ça le rendait si triste qu'il avait décidé de tout casser.

J'ai descendu l'échelle sur la pointe des pieds. Sous la porte de la chambre de m'man, il y avait un petit trait de lumière. Comme toujours quand le vent soufflait, m'man veillait. Peut-être qu'elle lisait la Bible, mais avec tout le *vacacarme* de la tempête, elle ne pouvait pas m'entendre.

Je me suis glissé dehors. J'ai levé le museau vers la nuit et j'ai hurlé avec le vent.

Tooooom ! Tooooom !

La pluie était toute salée à cause des embruns. Et peut-être aussi de mes larmes. Les rafales me *buscoulaient*, les vagues éclataient à mes pieds, et moi, j'appelais Tom de toutes mes forces. Tooooom ! Tooooom !

C'est là que m'man m'a retrouvé, trempé jusqu'aux os, en train de hurler dans la tempête. Elle m'a porté jusqu'à la maison en me *chuchochutant* à l'oreille « Mon Marco… Mais qu'est-ce qui se passe dans ta tête ?… Ça ne fera pas revenir Tom… »

Elle m'a déposé devant le poêle en m'enveloppant de couvertures. Au-dessus de nous, la toiture craquait comme si elle allait s'arracher et mes yeux se fermaient si fort que j'allais sûrement devenir mort…

Quand je les ai rouverts, m'man *murmumurait* des prières. Elle m'a adressé un sourire qui ressemblait plutôt à une grimace.

Le matin était tout gris et je crois bien que j'étais encore vivant. Le Vieux Loup s'était un peu éloigné et les vagues s'écrasaient au pied de la maison.

– Ça se calme un peu, a fait m'man. Viens. Faut qu'on aille voir les dégâts…

18

Dehors, les paquets d'écume voltigeaient comme des flocons de neige géants. Les rafales nous giflaient, on se prenait des embruns en pleine figure et on ne reconnaissait rien.

– Bon sang, Marco, a soufflé m'man, tu peux me dire ce qui se passe ?

Ben oui… Je pouvais. Il suffisait de regarder.

Ce qui se passait, c'est que la mer avait tout envahi : les chemins, les maisons, les potagers…

Elle avait broyé le ponton, *fracacassé* je ne sais combien de bateaux, défoncé le quai, noyé la boulangerie. Elle rentrait dans l'église, inondait le cimetière, recouvrait la cour de l'école… Les rez-de-chaussée de la plupart des maisons étaient sous l'eau. Dans la grisaille, Chris-le-borgne et son frère barbotaient à mi-jambe pour aider miss Fowler à monter son piano à l'étage.

Mais *le plus pire*, c'était du côté du port. Les vagues avaient *écracabouillé* la cale sur laquelle le père de Magda réparait les bateaux, et son atelier était en mille morceaux. Malgré la houle qui remontait le chenal, Sean et sa femme *pataugeaient* à la recherche des outils que la mer n'avait pas emportés. M'man est allée leur donner un coup de main tandis qu'avec Magda on tentait de récupérer les planches qui flottaient un peu partout comme des gros *crocrodiles*.

Une telle *cacastrophe*, personne n'avait jamais vu ça.

– On dirait que l'île s'est enfoncée pendant la nuit, a fait m'man en regardant autour d'elle.

La mère de Magda s'est redressée, toute trempée. Elle a haussé les épaules.

– Ça finira bien par redescendre.

19

Ben non !

Les oiseaux sont revenus, la houle s'est calmée, mais l'eau, elle, a décidé de rester là où elle était.

Elle n'est redescendue ni le lendemain, ni le jour d'après, ni celui d'encore après, ni le suivant…

Les vagues escaladaient les rochers au pied de notre maison, et tout au bout de la Grande Dune, les marais avaient disparu sous l'eau, *exaquement* comme s'ils n'avaient jamais existé. Fallait des bottes pour entrer dans l'église, une barque pour traverser la cour de l'école, et dans notre classe les cahiers flottaient entre les tables, raplaplas comme des méduses.

« Les circonstances sont *expectionnelles* », a déclaré miss Fowler.

L'école était fermée, mais elle nous a quand même fait travailler. Pendant je ne sais pas combien de jours, on l'a aidée à planter des bâtons un peu partout sur l'île. Le long du chenal, au pied des dunes, dans l'église, devant nos maisons... Miss Fowler appelait ça des « témoins ». À chaque marée, on en faisait le tour. On regardait jusqu'où arrivait l'eau, on mesurait sa hauteur, on enfonçait de nouveaux témoins dans le sable...

On faisait tout un tas de trucs et de machins bien plus *rigololos* qu'à l'école. Et, pendant ce temps, miss Fowler notait plein de chiffres dans son carnet bleu.

– Çççа... vvva vvvous ser... servir à quoi-quoi ?

– J'essaye de découvrir ce qui se passe, Marco.

J'ai *écrarquillé* les yeux.

– Vvvous… allez fffaire… une découcou… une découverte ?

Et miss Fowler a souri en *grabouillant* je ne sais quoi dans son carnet bleu.

20

Et, un jour, miss Fowler nous a tous réunis pour nous parler de sa découverte.

L'école était inondée, l'église aussi, alors on s'est entassés dans la maison du révérend Henderson. Sa femme avait préparé du café, et quand miss Fowler a commencé à parler tout le monde s'est tu comme à l'école.

– Depuis la tempête, les enfants m'ont aidée à poser des témoins un peu partout sur l'île. Vous les avez vus. On en a mis aussi bien dans l'église qu'au pied des dunes ou sur le port. Et depuis, tous les jours, on a relevé les hauteurs d'eau. Ça sera plus clair avec des graphiques…

Elle a montré des dessins pas très jolis, avec des chiffres écrits dessus. Les adultes hochaient la tête et *chuchochutaient* en les regardant. La vérité, c'est que personne ne comprenait ce qu'elle nous montrait. Le métier des gens d'ici, c'était de pêcher des poissons, et celui de miss Fowler, c'était de comprendre les chiffres de son carnet bleu.

– Explique-nous ce que ça raconte, tes trucs, a grogné le vieux Lam.

– Ça raconte que…

Miss Fowler a hésité.

– Ça raconte que, même si c'est presque invisible pour l'instant, l'eau continue à monter. Chaque jour, la mer gagne un peu de terrain.

Il y a eu un grand *brouhabrouha* et le père de Magda a levé la main.

– Vous êtes sûre de ce que vous dites ?

– Hélas oui… Pour le moment, ça se remarque à peine, mais il n'y a aucun doute. Et d'ailleurs, tous ceux d'entre vous qui sont sortis en mer depuis la tempête l'ont remarqué : les courants qui entourent l'île ne passent plus exactement aux mêmes endroits, comme si quelque chose s'était détraqué dans leur mécanisme. À chaque marée, les vagues nous arrachent un peu de terre…

Des *graphiphiques*, un *mécanicanisme* ou un *aucundoute*… Miss Fowler aimait bien les mots compliqués.

Comme si elle avait lu dans ma tête, elle a repris.

– Pour dire ça avec des mots simples, l'île est en train de fondre dans la baie comme un bonbon dans la bouche.

Et ça, j'ai tout de suite compris !

En repartant, j'ai demandé à m'man ce qui allait se passer une fois que l'île tout entière aurait fondu comme un bonbon dans ma bouche.

– Je n'en sais fichtrement rien ! Mais ce que je peux te dire, Marco, c'est qu'une île, ça ne disparaît pas comme ça.

21

Les pélicans, vous connaissez ?

D'habitude, il y en avait tout un groupe perché sur le toit de la maison, et m'man râlait comme un pou parce qu'ils faisaient caca partout. Mais ce jour-là, quand je suis sorti de la maison, le toit était désert. Les pélicans étaient partis. C'était comme ça chaque année.

J'étais un peu triste de ne plus les voir, mais en même temps j'étais content parce que ça voulait dire que mes copines les oies des neiges allaient bientôt revenir.

– Impossible qu'un pélican tombe amoureux d'une oie des neiges ! m'avait expliqué oncle Charlie. Ils ne se rencontreront jamais.

Les pélicans passaient l'été chez nous, mais chaque année, à l'automne, ils s'envolaient pour le sud. Ils partaient passer l'hiver dans un pays qui s'appelait le *Papanamama*, et n'en revenaient qu'au printemps. Les oies, c'était tout le contraire. En été, elles vivaient loin d'ici, au nord d'un pays qui s'appelle le *Canadada*. Mais c'est chez nous qu'elles passaient l'hiver pendant que les pélicans se chauffaient les plumes au soleil.

Et maintenant qu'il n'y avait plus de marais, je me demandais bien où elles allaient s'installer.

Un petit peu longtemps après le départ des pélicans, mais vraiment pas beaucoup, j'étais avec mon harmonica en train d'essayer de jouer une chanson qui s'appelle *On the Deep Blue Sea**, quand j'ai entendu tout un tas de Akakak ! Akakak ! Koïk ! Koïk ! Akakak !

Les oies des neiges arrivaient ! Le ciel en était plein.

* *Sur la mer bleue et profonde.*

Elles ont survolé la maison en *cacacardant* comme des folles pour me dire bonjour. Je peux vous dire que ça a fait un sacré boucan.

Je me suis *pricépité* dehors en braillant de toutes mes forces « Salut les oies ! Comment ça va depuis la dernière fois ? »

Elles ont *tournicocoté* un moment au-dessus de l'île avant de se décider à se poser au pied de la Grande Dune. J'ai filé les retrouver.

J'avais très envie de revoir Geesy. C'était la plus vieille des oies et, après Magda, elle était ma meilleure copine. On se connaissait depuis longtemps, tous les deux. Dès qu'elle m'a vu, Geesy est arrivée à ma rencontre en se dandinant, elle a fourré son bec sous mon bras et je lui ai donné un bout de pain que j'avais chipé dans la cuisine.

Vous seriez gentils de ne pas le répéter à m'man qui n'aime pas qu'on gâche le pain du bon Dieu.

Mais donner, ce n'est pas pareil que gâcher, pas vrai ?…

J'ai rappelé à Geesy qu'avec ses copines elles devaient faire drôlement attention au lance-pierre de ce grand couillon de Bill LeRoux. Mais on n'a pas eu le temps de causer beaucoup, parce que tout d'un coup…

Twouuuut ! Twouuuut !

Le coup de sirène a dû s'entendre jusqu'à Baltimore.

Un bateau arrivait au port. Et ce n'était pas n'importe quel bateau !

22

Le seul bateau capable de faire un vacarme pareil, c'était le *Potomac*, le mail-boat* qui faisait le tour des îles de la baie. Il apportait les nouvelles du continent, des lettres, des paquets, des journaux, et, chaque fois aussi, une enveloppe que miss Fowler ouvrait avec un sourire. Elle avait un amoureux, j'en étais sûr !

Twouuuut ! Twouuuut !

J'ai cavalé jusqu'au port. M'man y était déjà, et les autres aussi.

Depuis la Grande Tempête, le ponton

* Bateau postal.

d'amarrage flottait entre deux eaux et Tim-jambe-de-fer, le facteur, a eu un mal fou à descendre à terre à cause de sa jambe en fer.

Il a sorti de son sac une poignée de lettres.

– Bonnes nouvelles pour tout le monde ! a-t-il braillé, vos gars vous ont écrit !

La première lettre de Tom !

M'man a vérifié le tampon de la poste : *Military Postal Service Agency. Baltimore.* Elle a poussé un soupir de soulagement : si la lettre venait de Baltimore, c'est que Tom n'était pas encore en Europe.

– *Ma chère maman, p'tit frère…* a-t-elle commencé à mi-voix.

Je me suis blotti contre elle.

Baltimore – Oct. 7, 1917

Ma chère maman, p'tit frère,

C'est pas facile de trouvé le temps d'écrir. On passe beaucou de temps à l'entrainemant et le soir on est telment ~~eeste~~ exténuer qu'on s'endore comme des buches. Il parais qu'on ambarquera pour la France lundi prochain. Sa fait un peu peur, mais en même temps le 'pitaine dit qu'on est les ~~meyeu~~ meilleurs et qu'on va mettre une sacré râclé au ~~Caizeur Kezair~~ Kaiser.

Alor, p'tit frère, qu'ai-ce que tu pense de ton cadeau ?

Je vous embrasse tous très fort.

Tom

M'man a porté la main à sa bouche.

– Lundi prochain, mais c'est aujourd'hui !

Je n'ai pas très bien compris pourquoi lundi prochain c'était la même chose qu'aujourd'hui mais tout le monde semblait d'accord avec m'man.

23

– Là-bas, regardez ! s'est soudain écriée la mère du grand Greg.

Tout au fond de l'*horziron*, de gros nuages de fumées noires encombraient le ciel. Comme si je ne sais combien de bateaux se suivaient à la queue leu leu.

– Un convoi militaire, a fait DoDi.

DoDi, c'était Donald Dickerson, le père de Jules et Jim, les jumeaux qui étaient partis avec Tom. Quand il était jeune, il avait voyagé tout autour du monde et personne ne s'y connaissait mieux que lui en bateaux.

Le convoi descendait en direction de l'océan.

On ne le quittait pas des yeux. Sûr que Tom, Angus, le grand Greg et les autres étaient à bord.

Le révérend Henderson a récité une prière à haute voix.

– Joue, a murmuré Magda dans mon dos.

– Qu… qu… quoi ?

– Sors ton harmonica, Marco, et joue *Won't You Go My Way*. Nos frères l'aiment bien, cette chanson, et tout le monde la connaît. On va chanter pour eux.

– Nnnnon, non… Ils… ils vvvont s'mo… moquer.

Mais c'est difficile de résister à Magda. Alors j'ai commencé à jouer tout doucement en même temps que Magda chantait. Les têtes se sont tournées vers nous.

It was on one summer's evening
Won't you go my way ?
I met a pretty fair maid…
C'était un soir d'été,
Tu ne viens pas avec moi ?
J'ai rencontré une jolie serveuse…

Peu à peu, tout le monde s'y est mis. M'man, Caitlin, miss Fowler, le révérend Henderson, et même cette andouille de Bill LeRoux... On chantait pour nos frères qui partaient à la guerre.

24

Tous les jours, je piquais un petit bout de pain à m'man avant d'aller retrouver ma vieille Geesy. Heureusement qu'elle était là parce que sinon, sur l'île, rien n'allait comme il faut et m'man était d'une humeur de chien.

D'abord l'île continuait à fondre comme un bonbon dans ma bouche. Il suffisait de regarder pour voir que l'eau montait tout doucement. Un petit peu plus chaque jour.

Ensuite, ça commençait à faire un peu longtemps qu'on avait aperçu les bateaux qui emmenaient nos frères à la guerre, et on n'avait aucune nouvelle d'eux. Tim-jambe-de-fer disait qu'il fallait au moins trente jours pour qu'une lettre arrive de France. Ça prend du temps de traverser l'océan ! N'empêche, trente, c'est quand même beaucoup, non ?…

Mais c'est surtout contre Roberto-l'épicier que m'man était en colère. Il avait décidé de quitter l'île. Il disait qu'avec toute cette eau, Holland Island ne serait plus jamais comme avant et qu'il n'allait pas passer le restant de sa vie à *patatauger* dans la bouillasse.

M'man n'achetait plus rien chez lui mais Roberto-l'épicier s'en moquait. Il avait déjà commencé à démonter sa maison. Et il n'était pas le seul. Les Crosby, les Stills, les Nash, les Young… Tous ceux-là avaient décidé de partir. Et plein d'autres encore.

Je ne sais pas comment sont fabriquées les maisons chez vous, mais, sur l'île, elles étaient en bois. Pour les démonter, il suffisait d'un marteau et d'une bonne pince. Alors un peu partout, on entendait le tap-tap des marteaux, le grincement des clous qu'on arrachait et le bruit des planches qu'on empilait. Les maisons disparaissaient une à une. Les gens les chargeaient sur de grandes barges tellement lourdes qu'elles arrivaient à peine à flotter et ils allaient reconstruire leur maison ailleurs, quelque part sur le continent.

M'man les appelait « les traîtres ».

Moi, je regardais ça de loin, parce que, depuis qu'on n'avait plus école, ce pauvre type de Bill LeRoux et sa bande ne faisaient que des bêtises. Et leur bêtise préférée, c'était de me courir après en braillant : « Crazy Birdy, on va te plumer ! »

Toutes ces histoires, ça me rendait triste, et c'est triste d'être triste. Alors je jouais de l'harmonica en pensant à Tom. Mais, parfois, ça me rendait encore plus triste.

C'est compliqué, ces choses-là.

25

HOLLAND ISLAND – HIVER 1917-1918

La deuxième lettre de Tom est arrivée au début de la saison des brouillards.

Chez nous, le brouillard, c'est du sérieux. Certains jours, on ne voit même pas le bout de ses doigts. Ces jours-là, tous les phares de la baie actionnent leur fog bell* et, du matin au soir, on les entend sonner.

Je jouais de l'harmonica au milieu des Dong! Dong! Dong! quand d'un coup…

* La cloche de brouillard. Installée sur tous les phares de la baie de Chesapeake, une machine la faisait sonner à intervalles réguliers en cas de mauvaise visibilité.

Twouuuut ! Twouuuut !

Ce bruit-là, vous le reconnaissez, pas vrai ?

On a entendu le *Potomac* bien avant de le voir. Et dans le brouillard la voix de Tim-jambe-de-fer nous a hurlé : « Bonnes nouvelles pour tout le monde ! Vos gars vous ont écrit ! »

Le mail-boat est sorti de la brouillasse, il a accosté le long du ponton que le père de Magda avait reconstruit et Tim-jambe-de-fer a distribué les lettres.

Dans la sienne, Tom avait glissé un petit écusson *jolibizarre*, avec une tête d'Indien.

Bourmont - Nov. 10, 1917

Ma chère maman, p'tit frère,

Ça yai ! Sept fois, on est en France.

Aprè 12 jours ~~de mère~~ de mer à bord de l'USS Covington, on ai arrivé dans un port qui sapelle Sainnazerre. Ensuite, on a prit le train jusqu'à Paris mai jai pas pu ~~vizitter~~ visitter la ville parce kil a fallu aussitôt reprendre un train.

Du coup, je vous aicri d'une petite ville qui sapelle Bourmont. On fait parti d'une toute nouvelle unité qui sapelle la 2e Division ~~d'ainfenteri d'infantry~~ d'infanterie. Ce qui est bien, c'est kavec tous les gars de l'île, on est anssamble dans la même compagnie.

J'ai réussi a piqué un insigne pour Marco. On nappelle ça « l'indian head », la tête d'Indien. Chouette, pas vrai ?

Pour l'instan, on fait des maneuvres tout les jours. On ne monte pas au front, mais tous les soirs, on antand le canon et on voit les ~~eksplo~~ explozions dans la nuit. Sa se bagarre tout prè. Sa fait un peu peur, mais en même temps le 'pitaine répette qu'on est les ~~meyeu~~ meilleurs et qu'on va mettre une sacré râclé au Kaiser.

On sonne le rassamblement. Je dois vous kitter.

Je vous embrasse tous très fort.

Pour maicrire, l'adresse, c'est
Soldat Tom O'Connell
2e division d'infanterie
23e régiment -17e compagnie

TOM

Du bout des doigts, j'ai effleuré l'écusson. Je l'aimais bien, cet Indien.

Caitlin nous a rejoints, elle sentait *décilieusement* bon. Elle aussi avait reçu une lettre de Tom.

– Tttum… tum… me lis sssa lettre ?

Elle a secoué la tête.

– Non, p'tit frère. Les lettres d'amoureux, c'est pour les amoureux.

Magda avait aussi reçu une lettre de son frère. Elle s'est approchée de moi.

– J'ai quelque chose à te dire, Marco.

J'ai eu l'impression que les fog bells sonnaient bien plus fort, comme pour me prévenir d'un danger.

26

Magda m'a accompagné sur le chemin de la maison. Pendant un moment, on a marché côte à côte en silence. Et puis elle s'est décidée.

– On va partir, Marco, a-t-elle soufflé. On va quitter l'île…

J'ai continué à marcher comme si elle n'avait rien dit.

– Hé, Marco ! Tu as entendu ce que je t'ai dit ?

– Nnnon, j'ai crié. Nnnon, non et non ! J'ai… j'ai… j'ai rrrien entendu.

– On va s'installer sur le continent, a-t-elle repris. Mes parents disent qu'ici ils ne peuvent plus travailler. Que l'eau ne redescendra jamais et que, dans quelques mois, plus personne ne pourra habiter Holland Island…

– Jjje t'éc… t'écoute pas !

Je me suis enfui à toutes jambes. Je ne voulais pas entendre ses histoires mais elle m'a rattrapé.

– Mais on ne part pas très loin, tu sais. On va s'installer à Crisfield.

– Qu… qu… quan…

Les mots sont restés enfermés dans ma gorge.

– Quand est-ce qu'on part, tu veux dire ?

J'ai hoché la tête.

– Dans pas très longtemps… Peut-être la semaine prochaine.

Son baiser s'est posé comme une *libellbulle* sur ma joue. Elle est partie en courant, le brouillard l'a avalée, et il n'est plus resté que le Dong ! Dong ! des fog bells.

Ça allait ressembler à quoi, la vie sans Magda ?

Et je ne savais même pas où c'était, Crisfield.

27

Ce matin-là, quand je me suis réveillé, la première chose à laquelle j'ai pensé, c'est que c'était aujourd'hui que Magda s'en allait.

La Bible de m'man racontait tous les miracles que Dieu était capable de faire. La veille, avant de me coucher, je Lui avais demandé s'Il pouvait se débrouiller pour que cette journée n'existe pas. Mais ça, même quand on s'appelle Dieu, ce n'est pas possible.

La fog bell du phare d'oncle Charlie n'arrêtait pas de sonner et devant le port, quelque part dans le brouillard, une forme sombre flottait au ras de l'eau. C'était la barge sur laquelle Magda et ses parents avaient entassé leurs affaires et leur maison toute *aplaplatie*. Ils n'étaient pas les seuls à partir, Caitlin et ses parents abandonnaient l'île, eux aussi. Tous avaient passé la nuit chez le révérend Henderson. Moi, j'aurais bien aimé qu'on les héberge chez nous, mais, pour m'man, il n'était pas question d'aider les traîtres.

Tout le monde est venu leur dire au revoir. Sauf elle.

– Ta mère n'est pas là ? a demandé Caitlin.

J'ai secoué la tête en humant son parfum vraiment délicieux.

– Je comprends. Tu lui diras au revoir de ma part.

Elle m'a *ébrouriffé* les cheveux et s'est éloignée pour boire un dernier café avec les autres. Pour mes cheveux, c'était dommage, parce que je m'étais bien peigné exprès pour le départ de Magda. J'avais même mis de l'eau de Cologne.

Magda m'a rejoint avec son petit sourire habituel, comme si tout allait très bien. Moi, j'aurais voulu m'envoler loin d'ici.

Elle m'a tendu un paquet enveloppé de papier journal avec une ficelle rouge. Ce n'était pas très gros. Pas très lourd non plus.

– Tiens, Marco. C'est pour toi. Interdit de l'ouvrir avant qu'on soit partis.

Si *j'aurais* été malin, je lui aurais offert un cadeau, moi aussi ! Mais le problème, c'est justement que je n'étais pas malin.

– Tu viendras me voir à Crisfield ? a-t-elle demandé.

J'ai hoché la tête. Magda m'a *embrarassé* devant tout le monde et, à travers mes larmes, je l'ai aperçue qui montait sur le bateau. Elle m'a adressé un signe de la main. J'ai filé. Je ne voulais pas la voir partir. J'étais *paparalysé* du cœur.

J'ai cavalé jusqu'au pied de la dune. Les oies m'ont accueilli avec un concert de Loïkoïkoïk et j'ai tout raconté à ma vieille Geesy. Dans ma poche droite, il y avait l'harmonica de Tom, et dans la gauche, le cadeau de Magda. J'ai défait la ficelle et mon cœur a fait un sacré bond. C'était son couteau. Le plus beau du monde. Dessus, elle avait gravé un petit signe qui ressemblait à un papillon.

J'allais le garder toute ma vie jusqu'à ce que je sois complètement mort.

Et puis moi aussi, j'allais faire un cadeau à Magda. Le problème, c'est que je ne savais pas où c'était, Crisfield.

Même les oies qui sont les plus grandes voyageuses du monde ne le savaient pas, mais Geesy a promis qu'elle allait se renseigner.

28

Je suis revenu à la maison en serrant le couteau de Magda dans ma main. Un soleil tout glacé a peu à peu remplacé le brouillard et, pour la première fois depuis je ne sais pas combien de jours, la fog bell s'est tue. Un grand rapace planait au-dessus de la baie. C'était Balbu-le-balbuzard, un des copains d'oncle Charlie. Je l'ai appelé :

– Yip ! Yip !

Mais il était bien trop occupé à chasser pour me répondre. J'étais presque arrivé à la maison quand j'ai entendu la voix de m'man.

– Marco ! Tu as de la visite !

De la visite ! Mon cœur a fait une galipette. Sûr que c'était Magda et ses parents ! Crisfield ne leur avait pas plu, alors ils étaient revenus. J'ai galopé comme un fou et je me suis figé sur le seuil.

La visite, c'était miss Fowler ! Rien qu'à voir ma tête, elle a éclaté de rire.

– Tu ne t'attendais pas à me trouver là, hein ?... J'ai un petit travail pour toi, Marco.

– Pou... poupou... pour moi ?

– Oui. J'ai besoin d'un aide. Bien entendu, tu seras payé.

Un travail... Je serai payé... Je ne comprenais rien.

– Dix cents par jour, a-t-elle ajouté.

Dix cents... C'était beaucoup. Sûrement assez pour offrir un cadeau à Magda quand j'irais la voir à Crisfield. N'empêche que je ne comprenais toujours pas.

– D... dix... cents poupour... aaaller à... l'écocole ?

Nouvel éclat de rire.

– Non, Marco ! Il ne s'agit pas d'école ! Elle est toujours inondée et on ne paye pas les enfants pour y aller.

M'man faisait semblant de rien. Elle terminait de nouer le filet que lui avait commandé DoDi et me laissait me *débrourouiller* avec miss Fowler.

– Alors, a-t-elle repris. C'est d'accord ?

J'ai hoché la tête.

– Magnifique, Marco ! Je suis ravie de t'embaucher. On se retrouve demain à 7 heures devant chez moi.

Elle a salué m'man avant de repartir avec un petit signe de la main.

M'man a levé les yeux de son filet.

– Dis-moi, Marco, qu'est-ce que c'est, ce travail que te propose miss Fowler ?

Je l'ai regardée, un peu étonné.

– Bbben... Jjje sais pas, moi.

29

Le lendemain, j'étais devant chez miss Fowler bien avant l'heure. Je l'ai attendue en *pataugeant* dans l'eau glacée qui inondait le rez-de-chaussée de sa maison jusqu'à la première marche de son escalier. Dans ma poche droite, j'avais l'harmonica de Tom, et dans la gauche, le couteau de Magda. J'étais prêt à travailler.

J'ai *écrarquillé* les yeux quand miss Fowler est descendue.

Elle était habillée en homme ! Avec un *patalon*, une veste de pêcheur, des bottes, une casquette et un gros sac sur le dos ! Vous, je ne sais pas, mais moi, je n'avais jamais vu de femme habillée comme ça.

– Allez, Marco, a-t-elle fait comme si de rien n'était. On y va !

Elle m'a tendu un sac qui faisait un bruit de ferraille et on s'est mis en route vers la Grande Dune.

Les oies des neiges ont fait tout un tapage à notre passage. Koïkoïkoïk ! Et je leur ai répondu : « Akakakak ! Koïkoïk ! »

– Tu les imites drôlement bien, a fait remarquer miss Fowler.

– J'ai… j'ai… j'aime bien cau… causer avec elles.

– Et tu comprends ce qu'elles te racontent ?

– Bbben oui. Oooncle Charlie m'a apapap… appris, à l'au… l'autre école.

Miss Fowler m'a lancé un regard étonné.

– L'autre école… Mais de quoi tu parles, Marco ?

– Ben… dlé… dlé… de l'école des oiseaux.

Je n'avais pas trop envie de lui expliquer et

c'est bien tombé parce qu'on arrivait au bout de la Grande Dune.

Impossible d'aller plus loin ! Avant, on aurait pu continuer jusqu'aux marais, mais, depuis la Grande Tempête, l'île avait *rapetipessé*. Au loin, j'ai aperçu mon vieux saule, tout seul au milieu des vagues.

– On va commencer ici, a annoncé miss Fowler.

J'ai hoché la tête. Ça m'allait, de commencer ici, sauf que je ne savais pas ce qu'on allait commencer. Elle a déballé tout un bazar de son sac : une carte de l'île, son carnet bleu, des crayons, une gourde de thé, un compas, et même un appareil photo Kodak. J'ai sorti de mon sac le truc qui faisait un bruit de ferraille. Ça ne ressemblait à rien d'autre qu'à une sorte de longue corde faite de plein de petites tiges de fer attachées les unes aux autres.

– Tu sais ce que c'est, Marco ?

J'ai secoué la tête. Généralement, je ne sais pas grand-chose.

– Une chaîne d'arpenteur. Elle mesure soixante-six pieds*, et avec ça on va mesurer l'île.

Mesurer l'île ? Je ne comprenais pas trop, mais ça me plaisait bien.

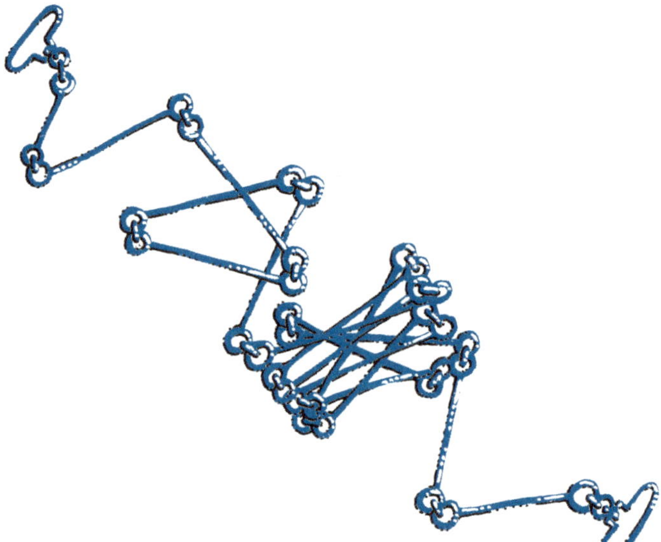

* À peu près vingt mètres.

30

Vous avez déjà mesuré une île, vous ?

Ce n'est pas compliqué.

D'abord, on tend la chaîne d'*arpéteur* par terre, ensuite, on enfonce dans le sol un bâton pour faire un repère, miss Fowler note des chiffres dans son carnet bleu, et on recommence.

Soixante-six pieds, c'était bien plus long que moi, mais bien plus petit que l'île. Ça allait prendre du temps, de tout mesurer. « Plusieurs jours » a prévenu miss Fowler.

On a passé la matinée à tendre la chaîne et à la retendre plus loin. Il faisait pas mal froid et miss Fowler avait la goutte au nez. Elle faisait des dessins, prenait des photos et *grabouillait* des trucs sur la vieille carte de l'île. De temps en temps, on *boivait* un gobelet de thé bouillant, et on recommençait. C'était bien mieux que l'école. Le seul problème, c'est que je commençais à avoir un peu faim.

– Tu ne commencerais pas à avoir un peu faim, Marco ? a soudain demandé miss Fowler.

Je ne sais pas comment elle avait pu lire dans ma tête, mais ce que je peux vous dire, c'est que ses sandwichs étaient délicieux.

– Regarde-moi...

J'ai tourné la tête vers elle et, tschlik ! elle a fait une photo.

– Clic, clac, merci Kodak*, a-t-elle fait avec un rire.

C'était la première fois qu'on me prenait en photo.

L'après-midi, on a recommencé.

* En réalité, cette publicité date de 1967.

J'étais en train de tendre la chaîne quand miss Fowler a poussé un cri. Elle avait l'air aussi *terrorifiée* que si elle venait de voir le diable. Je me suis approché. Sous la pierre qu'elle venait de soulever, tout un tas de petits serpents arc-en-ciel dormaient, *entrortillés* les uns avec les autres comme des spaghettis. C'était leur façon de se tenir au chaud pendant l'hiver.

Tout doucement, j'en ai attrapé un derrière la tête. Les rayures rouges de son dos brillaient comme des guirlandes. Miss Fowler a reculé d'un pas.

– Non, non, Marco ! Ces bêtes-là, ça me fait peur.

– Il... il est pas dangereux, vous savez. Il dodo... dort.

Mais elle a décidé que ça suffisait comme ça. Qu'on avait assez travaillé pour la journée. J'ai remis le petit serpent avec ses copains, replacé la pierre, et elle m'a donné une pièce de dix cents.

– Tiens, Marco. Voilà ton salaire. Bravo ! On a bien travaillé. Rendez-vous demain 7 heures ?

Et j'ai filé chez moi en battant des ailes comme un oiseau, la pièce serrée au creux de ma main. C'était vraiment bien de mesurer une île.

Et puis, c'était la première fois que j'étais aussi riche.

Avec ça, j'allais pouvoir offrir un chouette cadeau à Magda quand j'irais la voir à Crisfield. Sauf que je ne savais pas où c'était, Crisfield.

31

Il faisait vraiment *glaglacial* quand je suis arrivé chez miss Fowler le lendemain.

– Je suis un peu en retard, Marco. Rentre ! Il fait un froid de loup.

J'ai secoué la tête.

– Nnnon… mmmerci. Jjj'ai paf… paf… pas froid.

– Entre, je te dis ! Tu vas geler.

Le bas de son escalier baignait dans l'eau. J'ai retiré mes bottes à la troisième marche et j'ai monté les autres sur la pointe des pieds en leur demandant de bien vouloir être assez gentilles pour ne pas faire de bruit.

Sauf que ces imbéciles avaient envie de craquer.

La maison de miss Fowler ne ressemblait pas du tout à la nôtre. Elle ne sentait pas la soupe au tapioca, mais, surtout, il y avait des trucs à lire partout. Des livres, des journaux, des *mazagazines*… Chez nous, il n'y avait que la Bible.

– Vvvous… aaavez… toutout lulu ?

– Pas tout, mais presque.

Sur le piano, il y avait la photo d'un militaire avec des médailles.

– Ccc'est… c'est vvvo… votre… amoumou… amoureux ?

– Marco, a-t-elle souri, je te présente le capitaine Moore. Il est militaire, et son métier va te plaire : il pilote des avions et apprend aux autres à les piloter.

J'ai *écrarquillé* les yeux.

– Il vvvo… vole. Ccco… comme un zoi… un oiseau ?

– Un peu, oui…

– Iiil poupou… Il pourrait… m'app… m'apprendre, à mmmoi… aussissi ?

– Tu es encore un peu jeune, mais je lui demanderai.

J'ai examiné la photo du capitaine Moore. Ce qui est sûr, c'est qu'il n'avait pas de plumes.

32

Trois jours qu'on mesurait l'île.

– Allez, Marco, fini pour aujourd'hui, a décidé miss Fowler. On se retrouve demain, même heure.

Elle m'a tendu une pièce de dix cents. La troisième. Une dans chaque poche et la troisième dans la main. J'ai filé en battant des ailes comme un oiseau sur le chemin de la maison. Avec tout ça, j'allais pouvoir offrir un sacré cadeau à Magda quand j'irais à Crisfield.

Sauf que je ne savais pas où c'était, Crisfield.

C'est devant l'église que ce salopiaud de Bill LeRoux et les autres m'ont coincé.

– Hé, Crazy Birdy, pourquoi elle te donne la pièce, la miss, et pas à nous ?

– J' trav… j'trav… j'travaille.

– N'empêche ! C'est pas juste, cette histoire-là.

Il a tendu la main.

– Montre un peu à quoi elle ressemble, ta pièce !

J'ai serré mes dix cents au creux de ma paume. J'en avais besoin pour le cadeau de Magda. Mais un des gars de sa bande m'a attrapé le bras et me l'a tordu si fort que je n'ai pas pu faire autrement que lâcher ma pièce. Ce gros tas de Bill LeRoux l'a ramassée.

– Et les autres ? Elles sont où ?

– Je les sens, elles sont dans ses poches ! a braillé Tordeur.

Et ce saligaud de Bill LeRoux a empoché les autres pièces.

– Tu sais quoi, Crazy Birdy ?… On va se donner rendez-vous ici tous les soirs, et tous les soirs, tu nous donneras gentiment ta pièce de la journée. Et si tu parles de notre petit arrangement à quelqu'un, j'aime autant te dire que tu t'en souviendras. Tu comprends ça, dans ta petite tête de piaf?

Je les ai regardés détaler, des larmes plein les yeux. Tordeur m'avait fait mal, mais ça, ce n'était rien. Le plus grave, c'était le cadeau de Magda. Comment j'allais faire quand j'irais à Crisfield?

Surtout que je ne savais même pas où c'était, Crisfield.

33

Je tendais la chaîne d'*arpéteur*, je la retendais… J'avais l'air de travailler, mais la vérité, c'est que je ne pensais qu'à ce corniaud de Bill LeRoux.

« Si tu parles de notre petit arrangement à quelqu'un, j'aime autant te dire que tu t'en souviendras. » Je n'avais pas envie de m'en souvenir.

– Ça n'a pas l'air d'aller bien fort, ce matin, a remarqué miss Fowler. Qu'est-ce qui t'arrive ?

Le plus sûr, c'était de se taire. Pas un mot à personne. Pas même à ma vieille Geesy. Je me suis fermé comme une huître. Miss Fowler n'a pas insisté et la journée s'est passée en silence jusqu'à ce qu'elle me donne mes dix cents.

– On se retrouve demain ?

J'ai fait « oui » de la tête.

– Tu ne veux toujours pas me dire ce qui ne va pas ?

J'ai fait « non » de la tête et j'ai décampé. Cette brute épaisse de Bill LeRoux et ses copains m'attendaient derrière l'église.

– La journée a été bonne, Crazy Birdy ?

Il a tendu la main. J'avais tellement la tremblote que le couteau de Magda est tombé par terre. Il a posé le pied dessus.

– Vache de beau couteau ! s'est-il *excaclamé* en le ramassant.

– Tttou… ttouche papas à… à… ça !

– Toutouche papas à çaça !

Les autres ont éclaté de rire et il a empoché le couteau de Magda.

Vous vous êtes déjà mis en colère, vous ? Je veux dire, une vraie colère qui donne envie de tout casser…

Ce couteau, c'est à moi que Magda l'avait donné, et ce tordu de Bill LeRoux avait beau être dix fois plus gros, plus grand et plus costaud que moi, je lui ai sauté dessus.

Du plus fort que j'ai pu, j'ai cogné là où ça faisait vraiment mal. Paf ! En plein sur le nez. Le sang a giclé. L'autre a hurlé de douleur, il m'a agrippé, et on a roulé dans la bouillasse glacée. Il a crié à ceux de sa bande de ne pas se mêler de ça.

Il m'a balancé son poing dans la figure. Le goût du sang a envahi ma bouche. J'ai bien senti un truc *bizarétrange* du côté de mes dents, mais j'y ai à peine fait attention. Ce que je voulais, c'était récupérer le couteau de Magda ! Je me suis déchaîné. Les coups volaient, mais ce gorille de Bill était bien plus fort que moi. Il m'a flanqué dans le ventre un coup qui m'a coupé le souffle.

Je me suis écroulé et il s'est installé à *cafilourchon* sur moi, bien décidé à me filer une dérouillée maison.

– La miss arrive ! a soudain lancé Tordeur-de-bras.

Le gros Bill s'est redressé, couvert de boue et le nez en sang.

– Si tu dis le moindre mot à la Fowler, t'es mort.

Ils ont filé tandis que je restais à genoux dans la boue à reprendre mon souffle. J'ai passé la langue sur mes dents. Ce n'était pas comme d'habitude. Il en manquait un bout.

Les pas de miss Fowler se sont rapprochés.

34

– On dirait que tu as rencontré plus fort que toi, Marco…

Elle m'a aidé à me relever. J'étais couvert de boue et je ne savais pas trop d'où je saignais. Du nez. Ou de la lèvre. Ou des deux. Je me suis essuyé d'un revers de manche.

Elle m'a tendu un mouchoir tout blanc avec des *borderies*.

– Il va… il va… va être tttout sasa… sale.

– Aucune importance. Belle bagarre ! a-t-elle continué. J'ai observé ça de loin. Tu t'es bien battu, mais c'était perdu d'avance. Tu ne fais pas le poids.

Elle a ramassé je ne sais quoi dans la boue.

– Bill te vole l'argent que je te donne, pas vrai ?

J'ai hoché la tête tout en explorant mes dents du bout de la langue.

– Je peux en parler à ses parents, mais ça ne changera rien. Ils te coinceront plus tard, et ce sera pire encore. Le seul qui peut régler ce problème, Marco, c'est toi…

Elle a rempli un gobelet de thé.

– Il n'est plus très chaud, mais ça te fera du bien.

Ma lèvre était sûrement aussi grosse qu'une citrouille.

– Pour t'en sortir, a repris miss Fowler, tu as deux solutions. Soit tu cognes plus fort que lui…

Ça l'a fait rire.

– Qu'est-ce que tu en dis ? Tu arriverais à lui casser la figure, au Bill LeRoux ?

– Nnnon. Il est bbbien… bien plus fff… fff… fff…

– Bien plus fort, a-t-elle terminé. On est d'accord ! Alors l'autre solution, c'est d'être plus malin que lui.

Sauf que justement, mon problème, c'est que je n'étais pas malin. Miss Fowler ne m'a pas laissé le temps de répondre.

– Et là, si tu veux mon avis, c'est toi le meilleur.

J'ai secoué la tête.

– D'après toi, pourquoi est-ce que je t'ai demandé de m'aider à mesurer l'île ? Pourquoi je ne l'ai pas proposé aux autres ?

– Jjje… jjje saais papas.

– Parce que j'avais besoin de quelqu'un de malin, Marco.

Je l'ai regardée par en dessous. Elle n'avait pas l'air de se moquer.

– Ce qui est sûr, a-t-elle repris, c'est qu'il ne faut pas attendre. Tu dois régler ça au plus vite. On se revoit quand même demain ?

J'ai hoché la tête. Ce sale voleur de Bill LeRoux me flanquait la trouille, mais pas au point de laisser tomber miss Fowler.

Elle a plongé la main dans la poche de son *patalon.*

– Ce ne serait pas à toi, ça, par hasard ?… C'était dans la boue… Un drôle de beau couteau !

35

À la maison, m'man avait déjà allumé la lampe à pétrole. Elle m'a détaillé de la tête aux pieds. Mon *patalon* noir de boue, ma lèvre fendue, mon nez en sang, mes mains écorchées, mes cheveux tout *ébrouriffés*.

– Tu t'es battu ?

– Nnn… non. Jjje… jjje suis tomb… tombé d'un ro… rocher.

– Il devait être gros, ce rocher, a-t-elle fait.

J'ai hoché la tête et elle a regardé ma dent cassée.

– Il paraît que ça porte bonheur. Allez, file te laver !

Chez vous, je ne sais pas, mais, chez nous, on se lavait dehors, derrière la cuisine, en *s'asperpergeant* d'eau glacée. L'eau chaude, c'était seulement le dimanche, avant d'aller à l'église.

Ensuite, soupe au tapioca. Moi, je *réfléréchissais* à ce qu'avait dit miss Fowler. Ce n'était pas facile de devenir malin. Personne ne m'avait jamais expliqué comment faire.

M'man a passé la main dans mes cheveux.

– À l'avenir, ce serait mieux que tu l'évites, ce rocher. Allez. File te coucher !

Le soir même, j'ai appelé le petit hibou des marais pour lui demander si des fois il n'aurait pas une idée pour que je devienne malin. Il a juste répondu « Houaaap ! » avant de s'envoler dans la nuit. Il avait envie de croquer une souris.

Tout doucement, j'ai joué *Down in the River to Pray*.

Down in the River to Pray, vous connaissez ?

C'est une chanson qu'on chantait tous les dimanches à l'église. Tellement belle que j'aurais voulu qu'elle ne s'arrête jamais. J'étais

De temps en temps, je passais le bout de ma langue sur ma dent cassée. Comment j'allais faire pour devenir malin, moi ? La lanterne du phare passait et repassait. Peut-être qu'oncle Charlie savait comment faire…

Tout ça, ça tourbillonnait dans ma tête. C'était compliqué de *réfléréchir*.

Et ça faisait vraiment longtemps qu'on n'avait pas reçu de lettre de Tom.

36

Le lendemain, quand je me suis réveillé, je n'étais pas plus malin que la veille. Miss Fowler a éclaté de rire en m'apercevant. Avec ma lèvre *boursoufoulée*, ma pommette noire et ma dent cassée, j'étais vraiment affreux.

– Attends, Marco. Ne bouge pas.

Elle a pris une photo et on s'est remis au travail sans dire un mot sur ce qui s'était passé. Je tendais la chaîne, elle *grabouillait* sur son carnet bleu, on *boivait* du thé et on mangeait ses sandwichs qui étaient vraiment *exquiquis*. Un vol de pluviers est passé avec des bruits de sonnette : Trioutriou ! Trioutriou ! et je leur ai répondu.

À la fin de la journée, miss Fowler m'a donné ma pièce de dix cents.

– Ça va aller, Marco ?... On se revoit demain ?

J'ai hoché la tête et elle n'en a pas demandé plus. Ce sagouin de Bill LeRoux m'attendait derrière l'église.

Pas la peine que je vous raconte la suite. Vous la connaissez. Ce qui m'a fait plaisir, c'est qu'avec son coquard sur l'œil, son nez en patate, et ses lèvres comme des pastèques, il était encore plus moche que moi.

Le lendemain du lendemain, rien n'a changé. Même chose le jour suivant, et le suivant du suivant... Chaque matin, je retrouvais miss Fowler, et chaque soir ce pourri de Bill LeRoux me piquait ma pièce. C'était vraiment difficile de devenir malin.

Et puis, un soir, le petit hibou m'a hululé sa réponse :

– Kriou-houaaap ! Kriou-houaaap !

Je me suis redressé d'un bond.

Kriou-houaaap ! C'était une sacrée bonne idée, ça ! Vous ne trouvez pas ?

37

– Encore deux ou trois jours et on aura terminé, Marco, a annoncé miss Fowler.

On avait mesuré presque toute l'île. Au moment de me donner ma pièce de dix cents, elle l'a retenue du bout des doigts.

– Il ne te reste plus beaucoup de temps, Marco. Dans la poche de qui va-t-elle aller, cette pièce ?

– Llla mimi… La mimi… La mienne.

– Tu en es sûr ?

Je lui ai adressé mon nouveau sourire, celui avec une dent cassée. Et au lieu de revenir à la maison, j'ai cavalé jusqu'à l'endroit où on avait commencé à mesurer l'île, le premier jour.

La pierre était toujours à sa place et les petits serpents arc-en-ciel aussi. Il y en avait vraiment beaucoup. Peut-être cent millions… Ils allaient passer l'hiver là, tout *entortrillés* comme une pelote de ficelle en attendant le printemps. Je leur ai demandé de m'excuser de les déranger, mais j'avais besoin d'eux pour un petit coup de main. J'en ai pris une bonne poignée que j'ai fourrée dans ma poche.

38

S'il y avait une chose dont cette fripouille de Bill LeRoux avait la trouille, c'était bien les serpents.

Comme tous les soirs, il m'attendait derrière l'église avec ses copains. Il s'est assuré que miss Fowler n'était pas dans les parages.

– Salut, Crazy Birdy ! La journée a été bonne ?

Il a tendu la main et moi, j'avais envie de rire. Sans hésiter, j'ai déposé dans sa paume un bon paquet de petits serpents arc-en-ciel. La chaleur de ma poche les avait un peu réveillés et ils se tortillaient pas mal. Ce trouillard a hurlé de terreur. Il a reculé d'un pas, s'est *enlerfibicoté* dans je ne sais quoi et s'est étalé dans la boue. Je lui ai sauté dessus en balançant doucement un serpent juste au-dessus de son nez. Ses copains n'osaient pas bouger. Tous ces petits arc-en-ciel qui frétillaient, ça les impressionnait.

– Arrête, Marco ! a bêlé cette poule mouillée de Bill LeRoux. Arrête !

Il roulait des yeux tout arrondis de trouille et ça me faisait drôlement plaisir qu'il m'appelle Marco.

– Rrr... rrrends-moi mes sousous ! Tttous mes sssous !

– Éloigne d'ab... d'abord cette... cette... cette...

Il en bégayait de peur. Et ça aussi, ça me faisait plaisir. La chaleur de ma main a tout à fait réveillé le petit arc-en-ciel qui s'est enroulé autour de mon poignet, tout près de la joue de ce froussard de Bill LeRoux. Les autres serpents ne bougeaient presque plus, de nouveau engourdis par le froid. Ils donnaient l'impression de surveiller de près chacun de nos gestes.

Ce dégonflé de Bill a sorti les pièces de sa poche, il me les a données et a décampé comme s'il avait vu un fantôme.

J'ai empoché ma fortune avant de ramasser les petits arc-en-ciel un par un. Je les ai remerciés encore une fois pour leur aide et me suis dépêché de les ramener chez eux. Leurs copains devaient s'inquiéter. Je leur ai souhaité un bon hiver en leur disant qu'on se retrouverait au printemps prochain et j'ai remis la pierre.

Dans ma poche, les pièces cliquetaient à chaque pas. J'allais pouvoir offrir un chouette cadeau à Magda quand j'irais à Crisfield.

Sauf que je ne savais pas où c'était, Crisfield.

39

Le ciel était plein de *tourbrillons* de neige. Il faisait si froid que, quand on parlait, de *miscunules* paillettes de glace sortaient de nos bouches et la fog bell du phare d'oncle Charlie résonnait dans le brouillard.

J'ai tendu la chaîne d'*arpéteur* une dernière fois. On était revenus à notre point de départ. On avait mesuré toute l'île.

Miss Fowler a encore *grabouillé* un chiffre dans son carnet bleu et nous a servi deux gobelets de thé bouillant.

– Voilà, Marco. On a fini. Je vais pouvoir dessiner la nouvelle carte de l'île.

Sur la plage, les oies des neiges faisaient un tel vacarme qu'il fallait crier pour s'entendre.

– Aaalors, qqu'est-ce qu'on... va faifaire, mmmaintenant ?

– Tu ne crois pas qu'il est temps de reprendre l'école, Marco ? Je ne suis pas là pour faire de vous des ignorants.

Des *zignognorants*, je ne savais pas ce que c'était, mais reprendre l'école, je n'y tenais pas trop. J'ai tenté de lui montrer que c'était vraiment impossible.

– Eeelle est inonon... inondée, l'éc... l'école !

Mais je sentais bien que miss Fowler avait sa petite idée en tête.

– Ne t'inquiète pas, a souri miss Fowler. J'ai ma petite idée en tête.

Je l'ai regardée en clignant des yeux. Comment pouvait-elle deviner *exaquement* les mots qui étaient dans mon crâne ?

40

La petite idée dans la tête de miss Fowler c'était de faire la classe chez elle, dans la pièce aux livres. Fallait pas que je sois en retard pour le premier jour mais, en même temps, j'avais très envie d'aller voir mes copines les oies. J'ai filé jusqu'à la Grande Dune. J'étais inquiet pour elles à cause du froid mais elles m'ont accueilli avec des Koïkoïkoïk ! Akakak ! ravis. La neige et le froid, c'était leur affaire.

La vieille Geesy avait envie de causer. Mais je lui ai donné un bout de pain en lui expliquant que je n'avais pas le temps : l'école reprenait et fallait vraiment pas que je sois en retard.

J'ai retraversé l'île en galopant sous la neige et, quand je suis arrivé tout trempé chez miss Fowler, j'étais en retard. Elle a froncé les sourcils et, sur le piano, la photo du capitaine Moore m'a jeté un coup d'œil sévère. C'était vraiment dommage que la classe reprenne. J'aurais bien mesuré une autre île, moi.

Au fond de la pièce le poêle ronflait et, même moi qui ne comprends rien aux chiffres, je peux vous dire qu'on n'était pas très nombreux. Bien moins qu'à l'époque où on était beaucoup plus. J'ai compté sur mes doigts. On était cinq : ce gros lourdaud de Bill LeRoux, la fille de DoDi, le petit-fils du vieux Lam, la sœur du grand Greg, et moi. Tous les autres avaient quitté l'île avec leurs parents. Ceux que m'man appelait les traîtres en écrasant ses grosses mains l'une contre l'autre comme pour les réduire en bouillie.

La matinée a mal commencé : leçon de calcul. Par la fenêtre, tout un tas de corbeaux faisaient les foufous entre les flocons. J'aurais bien aimé les rejoindre, le problème, c'est que je ne savais pas voler. Mais peut-être que le capitaine Moore allait m'apprendre. Il était toujours sur le piano. Je lui ai adressé un grand sourire spécial dent cassée.

– Marco, a fait miss Fowler, reviens sur terre ! Tu as la tête ailleurs.

J'ai touché ma tête. Ben non… Elle n'était pas ailleurs, ma tête. Elle était bien là, sur mes épaules.

J'ai trempé ma plume dans l'encrier pour faire semblant de travailler, mais la vérité, c'est que je regardais la neige en pensant à Tom et Magda. J'ai dessiné quelques corbeaux, et puis comme ça faisait vraiment longtemps qu'on n'avait pas reçu de lettre de Tom, je me suis dit que j'allais lui écrire.

Vous avez déjà écrit une lettre, vous ?

C'est compliqué. Faut trouver des mots vraiment beaux pour que les gens soient contents de la lire.

J'ai *réfléréchi* jusqu'à ce que j'en trouve de magnifiques, rien que pour Tom. Ma lettre commençait comme ça : « *Ditrica Tom, vernabuchi cacao confiture erutinoc lilola ayoha oyaho...* »

C'est beau, hein ?

– Mais qu'est-ce que c'est que ce charabia, Marco ?

J'ai sursauté. Miss Fowler était juste au-dessus de moi, penchée sur mon cahier.

Chabarabiabia, ça voulait dire que mes mots n'existaient pas pour de vrai. Mais si je les avais écrits, c'est qu'ils existaient quand même un petit peu, non ?

Ce n'était pas ma faute si miss Fowler ne les connaissait pas, ces mots-là. Mais, en vrai, je crois qu'elle avait envie de rire et qu'elle trouvait ma lettre très belle. J'étais sûr qu'elle allait plaire à Tom.

Sans faire de bruit, j'ai déchiré la page de cahier sur laquelle je l'avais écrite et je l'ai fourrée dans ma poche. La prochaine fois que le *Potomac* passerait, je la donnerais à Tim-jambe-de-fer.

41

Ça faisait un petit peu longtemps que l'école avait repris mais pas trop quand même. Les autres travaillaient, et moi, je m'embêtais un petit peu. C'est vraiment long, l'école.

Je dessinais un oiseau en cachette quand tout à coup…

Twouuuut ! Twouuuut !

On s'est tous *précipipités* sur nos moufles et nos bonnets. On a couru jusqu'au port et le *Potomac* est apparu au milieu des *tourbrillons* de neige et des plaques de glace qui se formaient dans le port, rondes comme des pancakes.

– Bonnes nouvelles pour tout le monde ! a braillé Tim-jambe-de-fer. Vos gars vous ont écrit !

M'man a ouvert l'enveloppe. Tom avait écrit sa lettre au dos d'une photo tellement *mochaffreuse* qu'elle m'a donné envie de pleurer.

Bourmont – Jan. 28, 1918

Ma chère maman, p'tit frère,

C'est un peu tare pour vous souhaité la bonne année, mais c'est ~~diff~~ difissile de trouver du temps pour écrir. On est toultant en maneuvre.

Ici, c'est sûre que les chose sérieuse von biento commancé. Il parai qu'on va biento monté au front avec les soldats franssais, mais personne ne sai quant.

Le 'pitaine répète qu'on ai les ~~meyeu~~ meilleurs, n'empêche qu'on voi tous les jours les ambulansse remonté du front avec des blessé et des mort. J'essaille de ne pas y pensé.

Hier on a essaillé pour la première foi nos ~~masqua~~ maskagaz. Les allemends utilise des gaz qui brulent les poumon, mais avec les maskagaz, le 'pitaine dit qu'on ne riske rien.

Il a pris une photo de toute la compagni. Je suis le deuzième à partir de la gauche. À ma droite, il y a Angus, le frère de Magda et de l'autre côté, c'est Bobby LeRoux, le frère de Bill. Le frère de Caitlin est caché par la ~~taite~~ tête du sergen.

Le 'pitaine dit qu'on va mettre une sacré raclé au Kaiser et qu'on sera de retour pour l'été.

Alors, p'tit frère, tu fais des prograi en harmonica ?

Je pense trè fort à vous.

TOM

– « *Les choses sérieuses vont bientôt commencer* », a murmuré m'man. Voilà trente jours que Tom l'a écrite, cette lettre. Qui sait ce qui s'est passé depuis ? Tu t'es trompé, Tim. Ce ne sont pas de bonnes nouvelles que tu nous apportes.

Il s'est *trortillé* sur sa jambe de fer. Il neigeait de plus en plus et les fog bells des phares de la baie sonnaient à qui mieux mieux.

– Je suis désolé, madame O'Connell. Faut pas m'en vouloir. C'est pas moi qui les écris, les lettres. Je suis juste le facteur. Des fois, j'apporte de bonnes nouvelles, et puis d'autres fois…

Il est remonté en grinçant à bord du *Potomac*. Au moment où il allait repartir, je me suis *précipitité*.

– Aaat… aaattends !

Je lui ai tendu la lettre que j'avais écrite pour Tom.

– Mais il me faut une adresse, Marco.

– Sssoldat… Totom… O'Connell en… en Fffrance.

Il l'a fourrée dans sa besace.

– Entendu, mon gars. Je m'en occupe !

Quand on est arrivés à la maison, m'man a posé la photo *mochaffreuse* de Tom sur le buffet. À côté de celle de p'pa. Moi, je ne voulais pas la regarder. Il ressemblait à un crapaud.

Fallait pas que Tom meure à la guerre.

42

– Je t'accompagne à l'école, a fait m'man au moment où je plongeais le nez dans mon bol de café au lait.

J'ai cligné des yeux en la regardant. Jamais m'man ne m'accompagnait. Dehors, le brouillard était tellement épais qu'on n'y voyait rien. Elle avait peut-être peur que je me perde.

Mais le plus *bizarétrange*, c'est que quand on est arrivés chez miss Fowler, tous les adultes de l'île étaient là. Le révérend Henderson et sa femme, la famille Dickerson, les parents du grand Greg, et même le vieux Lam qui n'arrêtait pas de répéter que jamais il n'avait connu un hiver aussi froid…

Ils se sont assis comme des élèves et miss Fowler a sorti deux grandes feuilles de papier d'un tube en *crarton*. Elle a *déroularoulé* la première et l'a épinglée sur le mur.

– Voici la carte qui a été établie en 1912 par Albert Ford, le précédent instituteur de l'île. Jusqu'à la Grande Tempête, Holland Island ressemblait à ça.

Elle a posé le doigt sur des petits points noirs.

– Ta maison est là, Bill, et voilà la tienne, Marco... L'école est ici, l'église là, et là-bas les marais...

– Eeet la... Et la mai... maison de Mmmagda ?

– Elle est ici.

C'était un autre point noir le long du port.

– Eeet Ccc... Cccrisfield ?

– Tais-toi, Marco ! a lancé m'man.

Ce grand imbécile de Bill LeRoux a ricané, et miss Fowler a déroulé la seconde feuille.

43

Tout à fait en bas, elle avait noté : « *Carte établie au cours de l'hiver 1917-1918 par Maryllia Fowler, assistée de Marc O'Connell* ».

C'était vraiment chic de voir mon nom. Et puis j'étais content d'apprendre que miss Fowler s'appelait Maryllia.

Vous le saviez, vous ?

Les adultes ne disaient rien, leurs yeux passaient de l'ancienne carte à la nouvelle. Ils regardaient tout ce qui avait changé, la forme de l'île, les marais disparus, la mer qui avait envahi tout un tas de maisons…

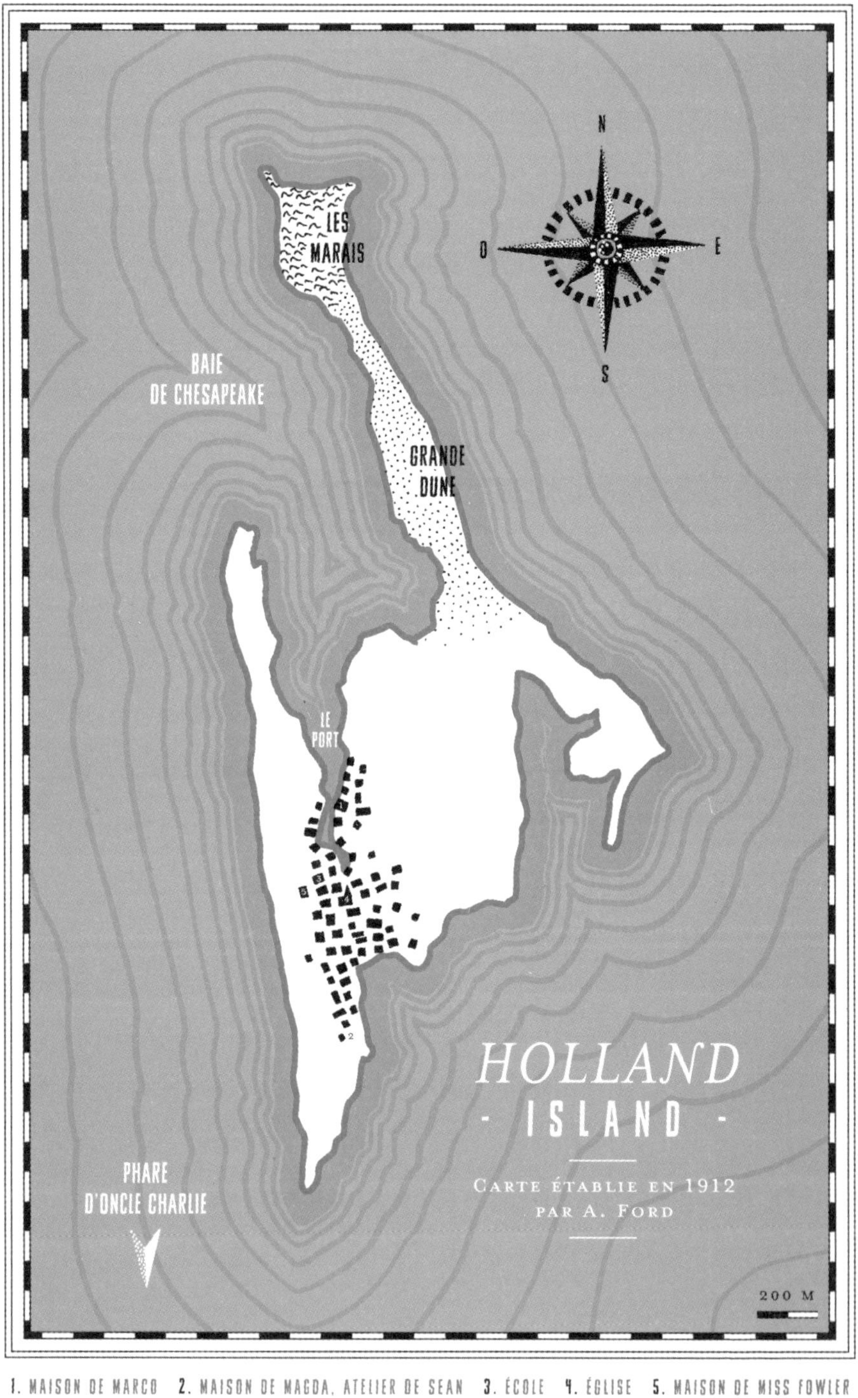

1. MAISON DE MARCO 2. MAISON DE MAGDA, ATELIER DE SEAN 3. ÉCOLE 4. ÉGLISE 5. MAISON DE MISS FOWLER

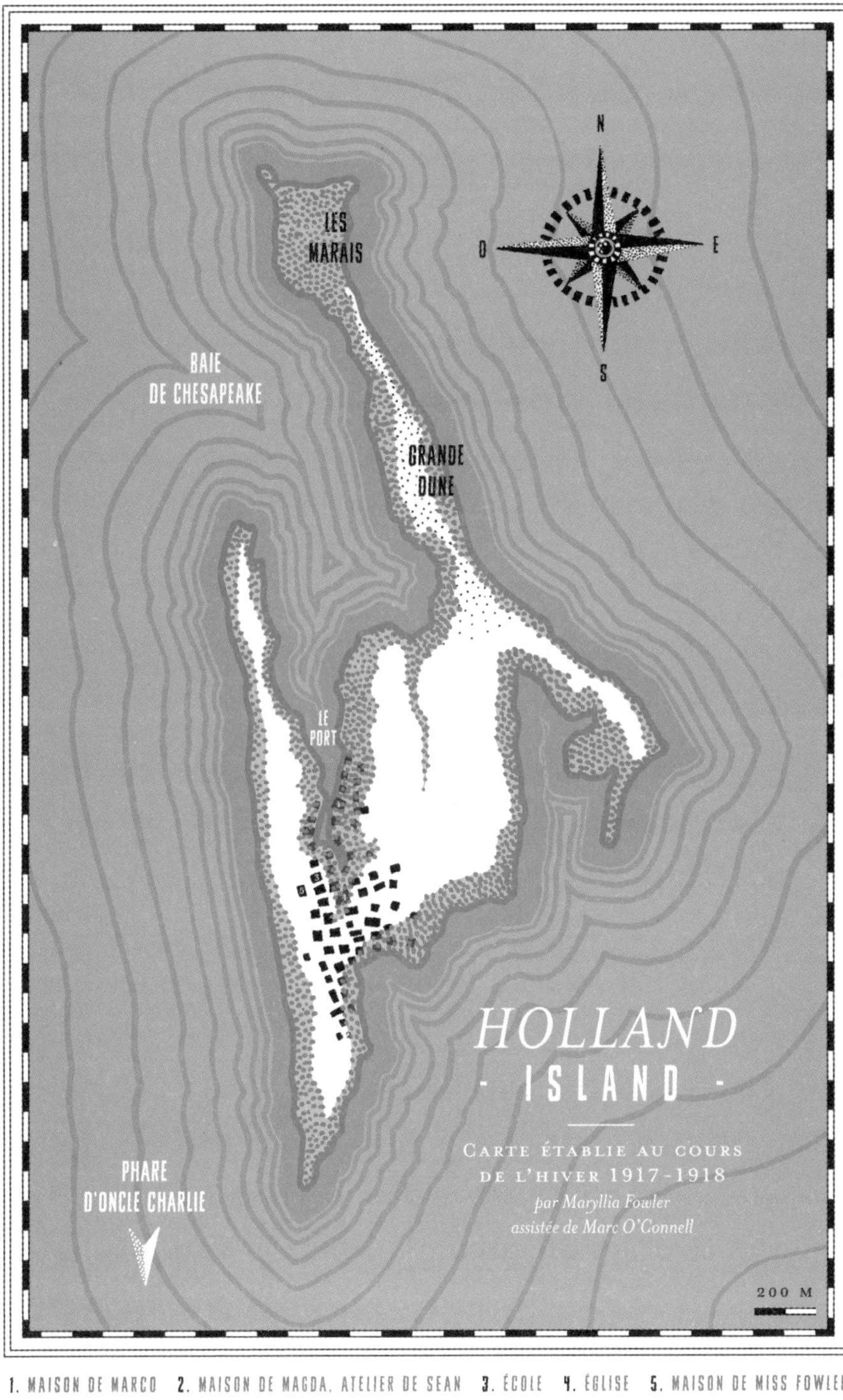

1. MAISON DE MARCO 2. MAISON DE MAGDA, ATELIER DE SEAN 3. ÉCOLE 4. ÉGLISE 5. MAISON DE MISS FOWLER

– Mais cette carte n'est déjà plus à jour, a repris miss Fowler. Depuis que Marco et moi avons pris nos mesures, l'eau a continué à gagner du terrain…

Elle a posé le doigt sur la Grande Dune qui était devenue fine comme une brindille.

– Tout ça va bientôt disparaître, je pense. Et sans doute aussi la rive ouest du port.

– Mais bon Dieu ! a grondé le vieux Lam, ça ne s'arrêtera jamais !

Le révérend lui a jeté un coup d'œil noir.

Il n'aimait pas qu'on dise « bon Dieu ».

– Sans compter, a ajouté miss Fowler, qu'au moment du dégel les terrains seront encore plus malléables. Personne ne peut savoir ce qui se passera.

Désagrémalléable, je ne savais pas ce que ça voulait dire, mais ça avait l'air un peu méchant. Les adultes ne disaient rien.

M'man s'est approchée de la fenêtre. La marée était haute, des plaques de glace flottaient çà et là, et les vagues montaient si près qu'on les entendait s'écraser contre les murs. À chacune, l'île fondait un peu plus.

– Ce qui est sûr, a-t-elle grondé, c'est qu'on ne va pas se laisser faire. La mer ne bouffera pas nos maisons !

– Allez jouer dehors, les enfants, a ordonné miss Fowler au bout d'un moment.

Ça voulait dire que les adultes allaient parler de choses d'adultes.

44

La nuit était presque tombée quand on a frappé à notre porte. Jamais personne ne venait si tard à la maison. M'man a allumé la lampe à pétrole et le révérend est entré avec sa femme. J'ai filé me cacher en haut de l'escalier en demandant aux marches de ne pas craquer. Je suis arrivé en haut sans un bruit.

– Merci, les filles ! j'ai murmuré à voix basse.

Et je n'ai plus bougé. De là-haut, j'étais un vrai *espionneur*, je voyais tout et personne ne faisait attention à moi.

La femme du révérend a sorti une enveloppe de dessous sa cape.

– Voilà. Il y a quatre cent trente.

Quatre cent trente, c'était vraiment beaucoup. Mais quatre cent trente quoi ? Le révérend a ouvert l'enveloppe et en a sorti tellement de billets qu'il était sûrement l'homme le plus riche du monde !

– Je ne peux mettre que cent vingt, a fait m'man.

– Et les autres ?

– Je les attends. Vous êtes les premiers.

Le révérend et sa femme sont repartis, le vieux Lam est arrivé.

– Je ne peux pas faire plus, a-t-il dit en sortant de sa poche une poignée de billets crasseux.

Il a retiré son vieux mégot de ses lèvres.

– Alors c'est toujours entendu pour demain ? On partira avec la marée. Avant 6 heures.

M'man a hoché la tête.

Tous ceux qui vivaient encore sur l'île sont passés, DoDi, les parents du grand Greg, le père de ce bon à rien de Bill LeRoux… Et, à mesure, m'man rangeait les billets dans un sac de toile.

Je ne savais pas que les gens de l'île étaient aussi riches. Miss Fowler est arrivée la dernière. Elle a tendu son enveloppe à m'man.

– Vous croyez que ça suffira ? a-t-elle demandé.

– Faudra bien.

Au moment de la soupe au tapioca, j'ai déposé devant m'man la boîte dans laquelle j'avais caché les pièces de mon travail avec miss Fowler.

– Tttiens… c'est… c'est poupour toi !

J'étais un peu triste pour le cadeau de Magda. Mais, de toute façon, je ne savais pas où c'était, Crisfield. M'man a rangé mes sous avec ceux des autres.

– Merci, Marco. Demain, je ne serai pas là. Peut-être même que je ne dormirai pas à la maison. Faudra que tu te débrouilles tout seul.

Les mots sont restés coincés au fond de ma gorge. Jamais m'man n'avait dormi ailleurs qu'ici.

– Tttuv… tttu vas où ?

– Faire un tour de bateau avec le vieux Lam.

Même moi qui ne suis pas très malin, je ne pouvais pas y croire. M'man détestait tellement la mer qui lui avait pris son homme que je ne me souvenais pas de l'avoir vue une seule fois monter à bord d'un bateau.

– Ne t'inquiète pas, a-t-elle fait en passant la main dans mes cheveux.

J'ai demandé au petit hibou ce qu'il en pensait.

Houaaap ! Houou ! Hououaaap !

Il était comme moi. Il ne savait pas pourquoi m'man avait menti. Ni ce qu'elle allait faire de tout cet argent.

45

Il était très tôt quand m'man a pris le chemin du port avec le sac de toile sous le bras. Je la suivais de loin. Une flaque de glace a craqué sous mes pieds. Elle s'est retournée, elle a regardé tout autour d'elle et c'est seulement quand elle est repartie que j'ai recommencé à respirer.

Le vieux Lam l'attendait au port. Il a cassé la glace tout autour du *Beautiful Hope* à grands coups de hache. Schlak ! Schlak ! M'man est montée à bord, le révérend Henderson l'a rejointe et le vieux Lam a hissé la voile.

Moi, j'étais tout près, caché dans l'*obscirutés.*
Personne ne pouvait me voir et pourtant, au

moment où le bateau s'éloignait dans le chenal, m'man a regardé dans ma direction.

– Ne t'inquiète pas, Marco. Tout va bien.

Ça m'a donné envie de pleurer parce que, d'habitude, je suis un bon *espionneur.* Mais aussi parce que c'était la première fois que j'étais tout seul, sans m'man.

46

Toute la journée, miss Fowler a fait semblant de ne pas remarquer que j'avais la tête ailleurs. Je regardais les oiseaux qui passaient. Des corbeaux, deux hérons bleus, des mouettes, des chevaliers culs-blancs… La fog bell résonnait dans la brume et sur le piano le capitaine Moore me regardait d'un air plutôt sévère parce que je ne travaillais pas.

À la sortie de l'école, j'ai filé voir ma vieille Geesy. J'ai glissé mes mains sous ses ailes pour avoir bien chaud et on a causé en grignotant des bouts de pain.

Je lui ai tout raconté. Le mensonge de m'man, son départ, le sac de toile…

Elle a hoché du bec. Koïkoïk… Et n'a rien dit de plus.

En rentrant, j'ai allumé le poêle. J'ai caché la photo *mochaffreuse* de Tom, j'ai sorti l'harmonica pour jouer ma chanson *frépérée*, *Down in the River to Pray*, et le révérend est passé pour me demander si tout allait bien. J'ai fait « oui » de la tête.

– C'est toi qui joues de l'harmonica comme ça ?

J'ai de nouveau fait « oui » de la tête.

– On dirait bien que tu es doué.

J'ai encore fait « oui » de la tête. J'en avais un peu assez de le voir.

Ensuite, j'ai taillé un bout de bois avec le couteau de Magda et j'ai mangé un peu de soupe au tapioca. J'entendais le bruit du vent et des vagues, la lumière du phare d'oncle Charlie passait et repassait.

Ça vous est déjà arrivé de rester tout seul chez vous pendant toute une nuit ?

Ça fait un peu peur.

Le petit hibou des marais m'a dit qu'il était seul toutes les nuits. Mais lui, il était un oiseau, alors que moi, j'étais seulement un *p'tit zumain*.

Ça faisait vraiment longtemps qu'on n'avait pas de nouvelles de Tom.

47

Trooooouw ! Trooooouw !

J'ai bondi de ma paillasse. Qu'est-ce que c'était que ce *vacacarme* ? Je me suis approché de la lucarne du grenier.

Trooooouw ! Trooooouw ! Une sirène de bateau ! Cette fois, ce n'était pas le *Potomac.*

Je me suis *pricépité* dehors. Un gros remorqueur approchait dans la brume, et derrière lui on devinait d'énormes barges. Si lourdes qu'elles semblaient s'enfoncer un peu plus dans l'eau à chaque vague. J'ai sorti les jumelles d'oncle Charlie. Le remorqueur avait un drôle de nom, le *Rappahanock*, et depuis le pont m'man m'adressait de grands signes. Qu'est-ce qu'elle faisait là ?...

J'ai sursauté en entendant une voix derrière moi.

– Viens, mon gars. On va les rejoindre.

DoDi m'a tendu une hache. Il en portait une autre, bien plus lourde.

– On vvv... On vvva cccouper dudu... du bbbois ?

– T'es pas loin d'avoir raison, fiston.

Sa femme et sa fille nous attendaient au port. Miss Fowler nous a rejoints et on a tous embarqué sur son bateau. Direction le remorqueur et les barges. Plus on approchait, plus on voyait qu'elles étaient très vieilles, un peu *pourrites*, chargées de cailloux, de pierres, de gravats... D'autres bateaux s'y étaient déjà amarrés. Il y avait cet *imbécilidiot* de Bill LeRoux avec son père, les parents du grand Greg... Le plus *bizarétrange*, c'est qu'on avait tous des haches. Même miss Fowler.

Le *Rappahanock* faisait du surplace au large de

la pointe. Depuis le pont, le révérend Henderson nous a adressé de grands signes.

– Là, c'est tout bon, a-t-il braillé dans un porte-voix. On peut y aller !

DoDi a sauté sur la dernière barge, il a détaché l'amarre qui la retenait à celle de devant, a levé sa hache et l'a abattue de toute sa force sur le bordage.

– Allez ! Pas de quartier !

Et tout le monde s'est mis à défoncer la barge à coups de hache. Sauf moi.

– Allez, vas-y, Marco, a lancé DoDi, cogne !

Mais je restais immobile comme un imbécile avec ma hache entre les mains. Je ne comprenais pas pourquoi il fallait l'abîmer comme ça, cette vieille barge. Le plus acharné, c'était ce fou furieux de Bill LeRoux. Il tapait comme un démon. Et quand les premières planches se sont disloquées, il a poussé un cri de victoire. L'eau s'est engouffrée en *glouglougloutant* et le fond a commencé à se remplir d'eau glacée.

DoDi m'a attrapé par le bras.

– Allez, hop ! Faut pas traîner là, fiston !

On a sauté sur sa barque, on s'est éloignés et la barge s'est enfoncée dans la mer. Au dernier moment, une vague l'a chavirée, l'avant s'est dressé au-dessus de l'eau et, quand elle a coulé au milieu des remous en grondant comme un *zanimal* blessé, j'ai failli pleurer.

48

En tout, on a coulé six barges autour de l'île. Enfin... c'est ce que les autres ont dit parce que moi, je sais compter seulement jusqu'à cinq.

Depuis les fenêtres de la maison, je pouvais apercevoir l'étrave de la première qui dépassait un peu de la surface. Les autres, on les avait coulées tout le long de la côte, jusqu'à l'entrée du port.

Elles allaient faire un barrage, m'a expliqué m'man.

– Elles vont nous protéger de la mer, tu comprends ? Nous protéger des courants. On va la sauver, notre île.

Oui. Je comprenais. Sauf que… Quand on les avait attaquées à la hache, les barges semblaient vraiment énormes mais, maintenant que je les voyais de loin, la vérité c'est qu'elles avaient l'air toutes *miscunules rikikites* au milieu de la mer.

La nuit est tombée. La lumière du phare d'oncle Charlie éclairait l'écume des vagues qui se brisaient contre les barges. Peut-être que l'île allait quand même continuer à fondre comme un bonbon dans ma bouche. C'est ce que je pensais dans ma tête, mais je n'ai rien dit à m'man pour ne pas la vexer.

Toutes ces vieilles barges, ça avait coûté vraiment cher.

49

HOLLAND ISLAND – PRINTEMPS 1918

Plic, plic, ploc… Plic, plic, ploc…

Le vent du sud s'est levé d'un coup. Un vent de printemps tellement tiède et si doux que tout s'est aussitôt mis à fondre. Plic, plic, ploc… Ça dégoulinait de partout et ce vent-là me donnait envie de voler avec les oiseaux qui faisaient la fête. Ce qui me manquait, c'était seulement les ailes. C'était vraiment dommage.

J'ai filé voir les oies en oubliant un peu que je devais aller à l'école.

Koïkoïkoïk! Akakak!

Elles discutaient ferme quand je suis arrivé. Le vent du sud leur donnait des fourmis dans les ailes et la plupart d'entre elles étaient d'accord pour dire que le moment de la grande migration était arrivé. Il était temps de se remettre en route. Direction le *Canadada.*

– Koïk ! Ak ! Ak ! Akakak ! a fait Geesy qui était aussi pressée de partir que les autres.

Et soudain…

Twouuuut ! Twouuuut ! Le *Potomac* !

J'ai filé en criant à Geesy :

– Ne pars pas tout de suite ! Attends-moi !

Je suis arrivé au port au moment où le mailboat remontait le chenal entre les plaques de glace qui fondaient. Tous les autres étaient déjà là, à attendre que Tim-jambe-de-fer braille comme d'habitude : « Bonnes nouvelles pour tout le monde ! Vos gars vous ont écrit ! »

Sauf qu'il ne disait rien.

– Qu'est-ce qui lui arrive, à cet imbécile ? a grommelé le père du grand Greg. Il est devenu muet ou quoi ?

Le *Potomac* s'est approché du ponton et un type est sorti de la cabine. Un militaire habillé un peu comme le capitaine Moore. De loin, Tim-jambe-de-fer lui a désigné des gens sur le quai. Impossible de savoir vraiment qui il regardait.

Quelque chose clochait.

Même les mouettes l'ont senti. Le *Potomac* a accosté sans qu'elles poussent le moindre cri. On entendait juste le bruit du moteur, le souffle du vent et le Plic, plic, ploc de la glace qui fondait.

50

Le militaire a failli se casser la figure sur une plaque de glace en descendant du *Potomac*, mais ça n'a fait rire personne. Il s'est approché de DoDi et de sa femme et a claqué des talons en les saluant d'une façon *bizarétrange*.

– Lieutenant Baptisti, a-t-il fait en leur tendant une lettre. Je suis désolé.

DoDi a ouvert l'enveloppe. Sa femme a mis la main devant sa bouche avant de s'agripper à l'épaule de son mari en criant « Jim ! Jim ! » DoDi est tombé à genoux dans la bouillasse. Il pleurait et ça m'a fait pleurer de le voir pleurer.

Personne ne m'avait jamais dit que des gens aussi grands et forts que DoDi savaient pleurer. Jim était mort à la guerre. Tout là-bas. En France. De l'autre côté de l'océan.

Le militaire a sorti une autre lettre de sa besace. Quand il s'est tourné vers nous, m'man m'a *écraboucaillé* l'épaule, mais il nous a dépassés et s'est arrêté devant les parents de cet abruti de Bill LeRoux. Il les a salués en faisant claquer ses talons.

– Lieutenant Baptisti, a-t-il répété en leur tendant la lettre. Je suis désolé.

– Non ! Non ! Non ! a fait la mère de cet imbécile de Bill.

Son père a ouvert l'enveloppe. Ses doigts tremblaient. Il a lu le papier.

– « *Disparu* » ?… Bobby a disparu ?… Je comprends pas… Qu'est-ce que…

– Votre fils est sans doute…

Le militaire a hésité.

– Votre fils est sans doute mort, monsieur LeRoux. Mais, pour l'instant, on n'a pas retrouvé son corps. Il est donc porté disparu. Je suis désolé.

– Bobby ! a hurlé Bill. Bobby ! Bobby !

Et il est parti comme un fou en criant le nom de son frère. Même si Bill LeRoux était un sale *assassassin* d'oiseaux, j'étais malheureux pour lui.

Le militaire n'avait pas d'autres lettres dans son sac.

Le père de Bill l'a rattrapé au moment où il remontait sur le *Potomac.*

– Attendez ! Si on n'a pas retrouvé le corps de Bobby, ça veut peut-être dire qu'il est toujours en vie. Prisonnier… ou blessé, ou je ne sais quoi…

– Peut-être, monsieur LeRoux. Mais à votre place…

Il n'a pas terminé sa phrase et Tim-jambe-de-fer a distribué les autres lettres en répétant à chaque fois « Je suis désolé, je suis désolé… »

M'man serrait la lettre de Tom sur sa poitrine. Elle avait des larmes plein les yeux. Autour de nous, on entendait les Plic, plic, ploc du dégel… Comme si l'île tout entière était en train de pleurer.

Fallait pas que Tom meure à la guerre.

51

Je ne sai pas où on ai.
Feb. 27, 1918

Ma chère m'man, p'tit frère,

Je profitte d'une journé de ~~repos~~ repeau pour vous aicrire au calme.

Sept foi, ça y ai, on se bat aux côté des franssais. Le premier asso a été terrible. Maime avec l'entréneman, on ne sest pas comment c'est, la ~~guaire~~ guerre. On a commancé par marcher toute la nuit dans des tranché plaine de boue, de ras et de choze que j'aurai préféré pas voir. Le bruit de la bataye étai de pluzenplu proche. Et le matin, au cou de ~~sifflé~~ sifflet du 'pitaine, on ai sorti des tranché, et on s'est mi à courir en criant. Autour de nous, sa tirai de partou. Les zobus filai odessu de nos têtes et explosait tout près...

Avec Angus, le frère de Magda, on sait jeté dans un trou. Le 'pitaine étai dans le trou d'à côté quant l'obu lui est tomber dessus. Lui qui disai qu'on été les ~~maiy~~ meyeurs... Le plu triste, c'est que Jim été dans le maime trou.

Avec Angus, on sai mis à tiré comme des fou, au ~~zazar~~ azard, droi devant nous.

Un autre 'pitaine nous a rejoin. Il nous a ordonné de le suivre. Autour c'était affreux, les explozion, les mitrayeuze, les zobus, les blessé qui appelai... Sest mieu de ne pas tout vou dirre.

Mais là, sa va. On ai plain de bou et il fait vraiment froid, mais on ai au repos pour deux jours. Il parai kon a repris du terrin à l'ennemi...

Angus ai à côté de moi et Matthew, le fils du révérand aussi. Je ne sai pas commen on ai encore en vie... mais si on a survécu à sa, on survivra à tou le raiste.

Le frère de Caitlin a été ~~blaissé~~ blessé à la main, mais sa va. Le plu grave, sai kil yen a kon napa revu, comme Bobby LeRoux...

P'tit frère, merssi pour ta lettre. J'ai été contan de la lire même si j'ai pas tou compri. Dans la famille, on n'ai pas trè doué pour ~~l'aurto~~ l'ortografe, pas vrai ?

Je pansse fort à vous.

TOM

52

On terminait la soupe au tapioca quand le père de Bill LeRoux est entré comme un fou.

– Tu sais où est Bill ? Vous avez vu Bill ?

J'ai secoué la tête. Il avait les yeux rouges d'avoir pleuré.

– Personne ne l'a revu depuis… depuis ce matin. Depuis la lettre. Il est parti en courant, depuis, il a disparu… Enfin, je veux dire que… Il n'est pas revenu à la maison. On le cherche partout.

Sa voix s'est enrouée. Il n'a plus rien dit. À la lumière du phare d'oncle Charlie, j'ai *aperceve* la mère de Bill qui se tordait les mains.

– On vient avec vous, a dit m'man.

On a pris les lampes-tempête et on s'est enfoncés dans la nuit. Le vent du sud soufflait toujours en grandes rafales qui réchauffaient toute l'île.

Tout le monde s'y est mis. De partout, on entendait des appels au milieu des bourrasques.

– Bill ! Bill ! Réponds ! Bill ! Où t'es ?

Ça a duré toute la nuit. On l'a cherché partout en *patataugeant* dans la bouillasse du dégel. Dans les maisons, dans les hangars à bateaux… Jusque dans l'église. Bill n'y était pas, mais ce qu'on a vu, c'est qu'avec le dégel l'eau était encore montée.

Le révérend qui était grand et gros comme un ours en avait jusqu'aux genoux.

Mais le plus urgent, c'était de retrouver Bill. Il n'était pas non plus dans l'école.

– Bill ! Bon sang, Bill ! Réponds !

On a *fouillafouillé* dans les coins les plus inondés de l'île. Là où personne n'allait plus. De temps en temps, on se taisait pour écouter, mais tout ce qu'on entendait, c'était le bruit du vent et des vagues.

Le jour a commencé à se lever, on avait passé la nuit dehors et personne ne savait où était Bill. La femme du révérend a préparé du café pour tout le monde.

– L'île n'est pourtant pas si grande, a grondé DoDi.

– Marco, a fait miss Fowler qui était habillée comme un homme, tu es le seul d'entre nous à connaître toutes les cachettes de l'île. Réfléchis bien. Où est-ce qu'on n'a pas cherché ? Où est-ce que Bill a bien pu se réfugier ?

Réfurégier, je ne savais pas ce que ça voulait dire, mais j'ai *réfléréchi*. C'était pas facile. Pour *réfléréchir*, faut être malin, et moi, je ne suis pas très malin. Mais c'est vrai qu'il restait un endroit où personne n'avait eu l'idée de chercher.

Fallait que j'aille y voir. J'ai filé en galopant, sans rien dire à personne.

– Hé ! Attends-nous, a braillé le révérend.

Je n'avais pas très envie de l'attendre.

53

J'ai retrouvé le gros Bill endormi sur le sable au milieu des oies qui le réchauffaient en se serrant contre lui.

Il s'est redressé en m'entendant arriver. Il ne savait plus trop où il était et avait un peu de caca d'oie dans les cheveux.

– Bobby est mort.

C'est tout ce qu'il a dit.

On s'est assis en haut de la Grande Dune en regardant le ciel tout rose et les vagues qui *grignognotaient* l'île comme une souris *grignognote* un bout de pain. Il n'y avait pas besoin de chaîne d'*arpéteur* pour voir que maintenant la Grande

Dune était vraiment *miscunule*. En quelques jours, elle était devenue aussi fine qu'un spaghetti de chez Roberto-l'épicier.

– Bobby est mort, a répété Bill.

J'ai secoué la tête.

– Nnnon… iil a dispapa… disparu. C'est papas… pas papareil.

Je lui ai *explipliqué*. Si son frère avait disparu, peut-être qu'il allait *réapapapparaître* un jour. Comme mon père qui avait disparu en mer quand j'étais petit.

– Et il est réapparu, ton père ? a demandé Bill.

– Nnn… nnnon.

– Alors, tu dis n'importe quoi.

– Mmmais… pppeut-être quiqui… qu'il réapp… réapapapparaîtra uuun… joujour.

Je bafouillais et je bégayais tellement que Bill allait sûrement me traiter de Crazy Birdy, mais il a eu un petit sourire pas très gros.

– J'aimerais bien que tu aies raison, Marco.

En bas de la dune, les oies s'agitaient en faisant un *vacacarme* pas possible. En se dandinant, ma vieille Geesy est venue nous annoncer que, cette fois, elle partait avec ses copines. La grande migration commençait. Elles allaient en avoir pour des jours et des nuits de vol avant d'arriver au *Canadada*.

J'étais un peu triste de ne plus les voir. Mais en même temps j'étais content pour elles. Oncle Charlie dit que les oiseaux sont libres comme l'air. Fallait que Geesy et ses copines repartent. C'était leur vie. J'ai fait une petite caresse à Geesy en lui souhaitant bon voyage.

– Koïkoïkoïk ! Akakak ! Ak ! Ak ! a-t-elle fait en me mordillant la joue du bout du bec.

– À l'année prochaine !

Les premières oies se sont envolées par petits groupes en direction du nord. Avec Bill on est restés à les regarder jusqu'à ce qu'elles disparaissent à l'*horziron*.

Quand on a retrouvé les *p'tits zumains*, j'étais sûr que Bill allait se prendre une sacrée paire de claques, mais sa mère l'a juste serré contre elle en répétant plein de fois Billbillbillbill.

Un vol d'oies est passé au-dessus de nos têtes, j'ai levé le nez pour les suivre et c'est là que j'ai *aperceveu* la *cacastrophe*…

– Rrreg… Rrregardez !

54

L'église penchait comme un bateau au milieu des vagues.

Avec le dégel, le sol était devenu mou comme de la soupe au tapioca. On enfonçait dedans jusqu'à mi-botte et l'église tout entière était en train de s'effondrer dans la bouillasse.

Le révérend est tombé à genoux dans la boue.

– Mon Dieu, a-t-il murmuré.

Les vagues allaient et venaient contre les murs, la charpente craquait chaque fois et le clocher s'inclinait un peu plus. À deux doigts de s'*écroucouler*.

Il y a eu un coup de vent. Le clocher a vibré

juqu'à la pointe, on a retenu notre souffle. Et tout a basculé dans un énorme craquement.

C'était tellement incroyable qu'on est tous restés muets. Le révérend s'est relevé et s'est essuyé le visage de sa grosse main pleine de boue. Ça lui faisait une drôle de tête.

– Tu as ton harmonica, Marco ?

J'ai hoché la tête.

– Tu l'as ici ? Dans ta poche ?

– Dddans... la gaugauche... Dddans l'au... l'autre... jjj'ai...

– C'est bon, a coupé le révérend. Je t'ai entendu, l'autre jour. Tu jouais *Down in the River to Pray*. Tu t'en sortais vraiment bien. C'est le moment.

Miss Fowler m'a adressé un petit signe d'*enroucagement*, j'ai sorti l'harmonica de Tom, j'ai fermé les yeux pour faire comme si j'étais tout seul, et on a tous chanté tandis que la mer emportait au large des morceaux du clocher.

55

Les autres maisons ne valaient pas mieux que l'église. Il suffisait de regarder autour de nous : avec le dégel, l'île fondait de plus en plus vite. Comme un *miscunule* bonbon dans l'énorme bouche de la baie.

– On ne peut plus rester ici, a murmuré DoDi. C'est fini. À ce rythme-là, demain soir, l'île tout entière sera sous l'eau… Faut partir.

Tout le monde semblait d'accord avec lui… Sauf m'man.

– La mer ne me prendra pas ma maison !

– Et comment tu comptes faire pour l'en empêcher ? a demandé le révérend.

De la main, il montrait son église écroulée, la boue qui envahissait tout, l'eau qui montait, les vagues qui avaient défoncé les derniers hangars à bateaux…

Le vieux Lam a ramassé un gros bout de bois qui flottait comme un *crocrodile* à quelques pas de lui.

– Tu sais ce que c'est ? a-t-il demandé à m'man. Regarde bien !

C'était un morceau d'une des barges coulées autour de l'île. Il y en avait plein d'autres sur le rivage. Les vieilles barges n'avaient pas résisté longtemps. La mer les avait broyées.

Tout ça me rendait tellement *tristepeur* que j'ai fait ce que je fais quand je n'aime pas ce qui se passe autour de moi. J'ai regardé les oiseaux dans le ciel. Les sternes, les mouettes, un couple d'huîtriers avec leurs grands becs rouges.

Pi-peep ! Pi-peep !

Le mâle a poussé en cri en faisant une espèce de pirouette dans le ciel. Je savais que c'était pour séduire la femelle. Oncle Charlie me l'avait expliqué à l'école des oiseaux. Je me suis demandé si le capitaine Moore avait fait la même chose avec son avion devant miss Fowler.

L'île était en train de fondre mais ça n'avait pas l'air de gêner les oiseaux. Ce qui était vraiment important pour eux, c'était de faire le joli cœur avec leur amoureuse, de construire les nids...

De gros points noirs sont apparus tout au bout de l'*horziron*. J'ai sorti les jumelles d'oncle Charlie. Mes copains les pélicans étaient de retour! Ils arrivaient droit sur nous en se suivant bien sagement dans le ciel. Les uns derrière les autres.

Les oies des neiges partaient, les pélicans arrivaient. « Impossible qu'un pélican tombe amoureux d'une oie des neiges. » Oncle Charlie avait raison. Ils ne se croisaient jamais.

Les pélicans ont fait le tour de l'île, comme pour être bien sûrs qu'ils ne se trompaient pas. Depuis leur départ, l'île avait pas mal changé et ils avaient peut-être du mal à la reconnaître. Je leur ai fait des grands signes, et de toutes mes forces, je leur ai crié que c'était bien ici. Ils ne s'étaient pas trompés.

– Marco ! a grondé m'man. Arrête tes pitreries.

N'empêche que mes copains les pélicans sont revenus se percher sur le toit de la maison. Comme d'habitude.

56

Pendant toute la journée, les autres n'ont pas arrêté de *trimballaler* des caisses, des coffres, des trucs et des machins… Ils descendaient jusqu'au port, chargeaient les bateaux, revenaient, repartaient… L'eau envahissait tout et il n'y avait pas de temps à perdre. Fallait faire vite et démonter les maisons.

La seule qui continuait à faire comme si de rien n'était, c'était m'man. Assise devant son établi, elle a passé tout ce temps à réparer un filet que DoDi avait accroché dans des rochers.

Moi, j'aidais miss Fowler à ranger ses livres dans des caisses. C'est vraiment lourd, les livres.

Je l'ai aussi aidée à transporter son piano avec le révérend et le père du grand Greg. C'est vraiment lourd, un piano.

Le soir est arrivé. Les bateaux de l'île étaient tellement chargés que c'est à peine s'ils arrivaient encore à flotter. Tout le monde était prêt à passer une dernière nuit sur l'île avant de partir avec la marée du matin. Tout le monde, sauf m'man et moi.

Comme d'habitude, elle a fait de la soupe au tapioca, elle a allumé sa lampe à pétrole et ouvert la Bible. Et quand elle m'a dit d'aller me coucher, elle a fait une petite croix sur mon front avec son pouce.

J'ai demandé au petit hibou des marais à quoi ça allait ressembler de vivre ici, tout seuls sur une île qui était en train de fondre. Sans personne d'autre que nous deux. Sans miss Fowler. Sans Tom, sans Magda…

Houaaap ! Houaaap !

Il ne savait pas trop. C'était la première fois de sa vie qu'il voyait une île en train de fondre.

J'ai regardé par la lucarne. Tout là-bas, la lumière du phare d'oncle Charlie *clignognotait*. Ça faisait vraiment longtemps que je ne l'avais pas vu. Il ne savait même pas que tout le monde allait quitter l'île.

Enfin… tout le monde, sauf m'man et moi.

57

D'abord, j'ai cru que c'était un rêve. Que la maison était un bateau et que les vagues nous secouaient. Mais ça bougeait tellement que j'ai fini par me réveiller. Le jour se levait et ce n'était pas un rêve. Notre maison penchait *exaquement* comme dans mon rêve. Toute de travers. Et m'man m'appelait de toutes ses forces.

– Marco ! Descends ! Vite !

J'ai enfilé mon *patalon* et dévalé l'échelle. Le plancher était tout bancal, le buffet avec les photos de p'pa et Tom était au milieu de la pièce, et la table avait avancé jusqu'à la porte comme si des pattes lui avaient poussé pendant la nuit.

– Faut pas rester, a fait m'man.

Elle m'a attrapé la main, on a filé dehors, et quand on s'est retournés, tous nos mots se sont coincés dans nos gorges. Même m'man n'arrivait plus à parler.

Pendant la nuit, notre maison avait glissé vers la mer. Elle penchait comme le clocher de l'église. Prête à s'*écroucouler*. Les unes après les autres, les vagues s'écrasaient contre elle en la faisant vibrer jusqu'au toit.

– C'est un cauchemar, a gémi m'man.

Mais elle se trompait. Moi, les cauchemars, je sais qu'ils viennent dans notre tête seulement quand on dort. Nous, on était tout à fait réveillés et c'était bien notre maison qui était là, sous nos yeux, toute bancale, en train de basculer dans la mer.

On s'est éloignés en *patataugeant* dans l'eau jusqu'aux mollets. Cette fois, l'île avait presque complètement fondu. Et on est restés sans bouger, à regarder notre maison-de-travers. Tout là-haut, perchés au sommet du toit, les pélicans se moquaient bien de nos histoires de *p'tits zumains*. C'était le printemps et ils étaient de retour chez eux.

58

Les autres nous ont rejoints. Ils regardaient notre maison que le grand-père de m'man avait construite de ses propres mains, et personne ne comprenait comment elle tenait encore debout.

– Faut pas rester là, Emma, a fait la grosse voix du révérend. Viens avec nous, maintenant. Plus personne ne peut habiter ici. C'est fini.

Le père du grand Greg a accompagné m'man à l'intérieur pour qu'elle prenne quelques affaires *indispendissables*. Ses aiguilles à réparer les filets, les couvertures, sa bible, la photo de p'pa et celle de Tom. Tout le reste fallait le laisser. On n'avait pas le temps. Notre maison-de-travers allait *s'écroucouler*.

– Vous permettez ?... a demandé miss Fowler à m'man quand elle est ressortie de la maison.

Elle montrait son appareil photo.

M'man a hoché la tête, et miss Fowler a fait la première photo de notre maison-de-travers avec mes copains les pélicans perchés sur le toit.

Et d'un coup, je me suis souvenu... J'ai cavalé vers la maison.

– Reviens ! a hurlé m'man. Marco ! Reviens !

Mais personne n'aurait pu m'arrêter.

À l'intérieur, ça craquait de partout, les vagues passaient entre les planches, la maison tout entière vibrait comme une grosse bête malade. J'ai escaladé l'échelle, fouillé sous ma paillasse… Tout était là ! Vite ! Vite ! Dans ma poche droite, j'ai fourré l'harmonica de Tom, et dans la gauche, le couteau de Magda. Je leur ai demandé de m'excuser de les avoir oubliés là-haut.

J'ai attrapé les jumelles d'oncle Charlie au passage, et j'ai tout dévalé jusqu'en bas.

Quand je me suis *pricépité* dehors, toute la maison grinçait. J'ai entendu un grondement dans mon dos.

– Marco ! a crié m'man.

Je me suis retourné, et tout le bas de notre maison-de-travers s'est *écroucoulé* dans l'eau. Les pélicans se sont envolés, et miss Fowler a fait la deuxième photo.

Le reste n'a pas tenu longtemps.

Une vague un peu plus grosse s'est *enfrougouf-frée* dans ce qui restait de la maison. Tout s'est effondré d'un coup et miss Fowler a pris la troisième photo.

Sur la quatrième photo qu'elle a prise ce jour-là, personne n'aurait pu deviner qu'à cet endroit-là il y avait notre maison, celle-là même que le grand-père de m'man avait construite de ses propres mains. C'est tout ce qui restait de la dernière maison de Holland Island. Tout ce qui restait de notre île.

On a embarqué à bord des bateaux. M'man me serrait la main comme si elle avait peur que je m'échappe.

– Aaalors on vvva… on va hab… habiter où, mmmaintenant ?

– On va là où sont tous les autres, mon gars, a répondu le révérend. À Crisfield.

Et je lui ai adressé mon plus beau sourire, avec ma dent cassée.

59
CRISFIELD – PRINTEMPS 1918

– Allez, serrez-vous là, les tourtereaux !

L'avion du capitaine Moore s'appelait *Curtiss JN 4 Jenny*. Ce n'était pas un très beau nom, alors, près de l'hélice, il y avait un autre nom peint avec des lettres blanches : *Maryllia*.

Exaquement le même prénom que miss Fowler ! C'était vraiment bien qu'il s'appelle comme ça !

Avec Magda, on s'est tassés à l'avant de l'avion tandis que le capitaine s'installait derrière nous. C'est là qu'il pilotait. Ça avait l'air vraiment compliqué de piloter un avion, mais le capitaine Moore s'y connaissait bien en choses compliquées.

Normalement, son avion était prévu pour deux passagers, mais « avec deux petits poulets comme vous », avait-il dit, ça ne poserait pas de problème.

Un *mécanichien* a lancé l'hélice dans une *pétatatrade* qui a secoué tout l'avion. Un gros nuage de fumée qui puait nous est arrivé dans les trous de nez et le capitaine Moore a braillé :

– C'est parti, les kikis !

Le *Curtiss* a roulé, roulé, roulé… Et tout d'un coup, on s'est retrouvés au-dessus des maisons et des arbres. On volait comme des oiseaux. Le vent nous *ébrouriffait* les cheveux et le moteur tremblait comme s'il allait exploser. Avec Magda, on s'est pris la main parce que, quand même, ça faisait un peu peur. En dessous de nous, les gens étaient *miscunules* comme des fourmis. Toutes les maisons qu'on voyait, c'était Crisfield.

Ce qui est dommage, c'est que maintenant

que je savais où c'était, je n'avais plus de sous pour faire un cadeau à Magda.

J'ai étendu les bras comme si j'étais au sommet du phare d'oncle Charlie et j'ai fermé les yeux. Je sentais le vent dans mes plumes.

– Je vole ! Je vole !

Moi qui étais juste un *p'tit zumain*, je volais comme un oiseau.

Quand j'ai rouvert les yeux, on était au-dessus de la mer et Magda souriait. Au-dessous de nous, les bateaux de la baie ressemblaient à des jouets.

Dans notre dos, le capitaine Moore a crié je ne sais quoi. On n'entendait rien à cause du *vacacarme* du moteur. Du doigt, il nous a montré une tache sombre sous la mer, *parseméméе* de petits points blancs.

– L'île ! s'est écriée Magda.

L'avion est descendu et j'ai compris que les points blancs, c'étaient des oiseaux, tellement plein d'oiseaux que personne n'aurait pu les compter. Notre île était sous la mer, mais un tout petit peu seulement. Juste ce qu'il fallait pour que les oiseaux puissent se poser comme dans un marais. Notre île-sous-la-mer était devenue l'île aux oiseaux. Birdy Island… et moi, je volais comme eux. Avec du vent plein les ailes.

On a repris de l'*ailtitude* et le capitaine Moore a tendu le doigt vers un petit point sur la mer. Droit devant nous. Le petit point a grossi, grossi… Ça ressemblait à une grosse araignée posée sur la mer. Le phare d'oncle Charlie !

Le *Curtiss* a tourné autour en pétaradant jusqu'à ce qu'oncle Charlie sorte sur la passerelle avec son fusil à la main. J'aurais peut-être dû prévenir le capitaine Moore qu'oncle Charlie n'aimait pas trop les *p'tits zumains*. J'ai agité la main en braillant comme un âne.

– Oooncle Chchcharlie, regarde ! Je vvvole pour de vrai !

Il a sorti ses jumelles et est resté un moment à nous observer, comme si on était de vrais oiseaux. Et puis il a posé son fusil et levé la main pour nous dire bonjour. De loin, j'ai deviné qu'il souriait. Ça m'a rendu content qu'il soit content qu'on soit contents.

Magda m'a tapoté le bras. Là-bas, un bateau crachait des paquets de fumée noire comme des chardons. Dans toute la baie, il n'y avait qu'un seul bateau aussi crasseux, c'est le *Potomac*. Peut-être qu'il apportait le courrier à Crisfield.

Ça faisait longtemps que Tom ne nous avait pas écrit.

60

CRISFIELD – NOVEMBRE 1918

Saint-Mihiel
Nov. 11, 1918

Ma chère m'man, p'tit frère,

Sept fois, sa y ai la guerre est finite. Ce matin, la bonne nouvaile s'ai répendu dans tou le camp.

C'est fini ! C'est ~~larmitisse~~, ~~l'army se tisse~~. Un copin me dit que sa s'aicrivai comme ça : l'Armistice. On ne va plus se battre ! Avec Angus et Matthew, on s'ai mis à pleuré comme des zenfans.

Parce kon étai vivan, mais aussi en pensan à nos copin qui son mort.

C'est fini !

Je ne sai pas encor quan on va revenir, peu taitre pas tou de suite, mais sa va faire du chau au keur de se serré dans les bras et de retrouvé notre île.

Jai pas beaucou de tan pour aicrir plus, mais je pense fort, fort, fort à vous.

TOM

Tom était vivant !

Et le capitaine Moore avait promis de m'emmener encore voler avec lui.

– Et… Mmmagda, aussi ?

Il a hoché la tête.

Cette fois, j'allais devenir pour de bon comme les goélands autour du phare d'oncle Charlie. Planer au-dessus des vagues, et virer dans le vent.

Kraouiii ! Kraouiii !

Il y avait de quoi être vraiment content, non ?...

61
AUTOMNE 2020

La minuscule île de Holland Island existe toujours, mais elle n'est aujourd'hui qu'un marais en grande partie inondé. Le domaine de milliers d'oiseaux de mer…

Ça n'a pas toujours été le cas. En 1917, au moment où débute cette histoire, près de quatre cents personnes y habitaient, pour la plupart des familles de pêcheurs, mais on y trouvait aussi une école, un médecin, des commerçants…

C'est aux alentours de l'année 1914 que l'île a réellement commencé à « fondre », comme dit Marco. Les vents, les tempêtes et les courants l'ont peu à peu érodée, l'eau ne cessait de gagner du terrain…

En peu de temps, l'île est devenue invivable. La plupart des habitants se sont réfugiés sur le continent, dans la petite ville de Crisfield où Magda et ses parents s'installent.

1914, c'est aussi le début de la Première Guerre mondiale. Mais c'est seulement en 1917 que les États-Unis s'engagent aux côtés de la France. Des centaines de milliers de jeunes Américains comme Tom et ses copains viennent alors combattre en France.

Pendant ce temps, Holland Island continuait à « fondre ». Le dernier habitant a quitté l'île en 1918. Durant quelques années encore, elle a servi d'abri aux pêcheurs de la baie avant d'être définitivement abandonnée en 1922.

La maison de Marco, la dernière de l'île à tenir encore debout, a réellement existé. Dans l'histoire, miss Fowler la photographie au moment où elle s'écroule sous le choc des vagues, mais, en réalité, cette maison, construite en 1888, ne s'est écroulée qu'en… 2010 ! Près d'un siècle après l'abandon de l'île. C'était du solide !

L'ÎLE SOUS LA MER,
LE PODCAST DOCUMENTAIRE
(60 minutes)

Djounaïdi vit à quelques rues du collège, à Petite Terre au large de Mayotte. Parfois il accompagne son frère qui aime pêcher, mais à lui, elle ne lui dit trop rien, la mer. Dans les histoires de famille, on dit qu'elle est dangereuse et la mangrove habitée par des esprits. Et d'ailleurs depuis 2018 l'eau s'engouffre dans les rues et recouvre le boulevard de crabes, coupant l'accès à Grande terre. Ça a commencé en même temps que les secousses, et Djounaïdi, observe et écoute les murmures de l'île…

En 2018, un volcan sous-marin est né au large de Mayotte, chamboulant en partie la vie sur l'île. Ce documentaire retrace cet événement géologique, tel que l'ont vécu les habitants de Petite Terre et par le regard de scientifiques venus l'étudier.

Camille Juzeau est autrice et réalisatrice de documentaires sonores pour la radio et le podcast. Elle aime raconter des histoires vraies qui ressemblent à des fictions, et les mettre en son avec des ambiances immersives. Elle a notamment raconté des histoires au cœur de la nature dans les trois premières saisons du podcast *Les Baladeurs*.

« La lecture du livre de Xavier-Laurent Petit, inspiré de faits réels, m'a tout de suite donné l'envie de raconter une histoire audio : l'île est un lieu chargé d'imaginaires. Je suis donc partie à Mayotte, avec les mots de Xavier-Laurent Petit en tête, et des motifs qui m'avaient plu, que j'irai chercher pour créer des ponts entre le livre et l'audio : les oiseaux, la cartographie du littoral, des personnages à rencontrer, un professeur, une maman, un jeune garçon… Ces voix sont celles, bien réelles, de jeunes français habitants d'une île sous la mer, en plein milieu de l'océan Indien, un pont entre la métropole et ses DOM-TOM. »

À RETROUVER SUR TOUTES LES APPLICATIONS DE PODCASTS OU GRÂCE AU QR CODE CI-DESSOUS